Mia legt los!

© Ryszard Podkalicki

Susanne Fülscher widmete sich nach ihrem Germanistik- und Romanistikstudium sehr schnell dem Schreiben. Bisher sind von ihr um die 40 Romane für Kinder, Jugendliche und Erwachsene erschienen, die mehrfach ausgezeichnet und in viele Sprachen übersetzt wurden. Susanne Fülscher lebt als freie Schriftstellerin und Drehbuchautorin in Berlin.

Susanne Fülscher

Mia legt los!

CARLSEN

Außerdem von Susanne Fülscher im Carlsen Verlag lieferbar:
Mia – Mia und das Mädchen vom anderen Stern
Mia – Mia und der Traumprinz für Omi
Mia – Mia und das Liebes-Kuddelmuddel
Mia – Mia und der Großstadtdschungel
Küssen kann schon mal passieren
Küsse und Café au Lait

MIX
Papier aus verantwortungsvollen Quellen
FSC® C014496

Veröffentlicht im Carlsen Verlag
2 3 4 14 13 12

Umschlagbild: Dagmar Henze
Umschlagtypografie: Gerhard Schröder
Umschlaggestaltung: formlabor
Corporate Design Taschenbuch: bell étage
Druck und Bindung: GGP Media GmbH, Pößneck
ISBN 978-3-551-31145-0
Printed in Germany

Die schlimmste Horror-Familie der Welt

Jette, Leonie und ich hocken auf meinem blau-weiß gestreiften Läufer vorm Bett und überlegen, wer von uns die horrorartigste Familie hat.

»Ich!«, kräht Jette. »Meine Mutter hätte mir ruhig einen richtigen, echten BH kaufen können. Was soll ich bloß mit so einem albernen Kinderteil?« Sie richtet sich kerzengerade auf und ruckelt ihre neueste Errungenschaft, einen Sport-BH, zurecht.

Leonie stöhnt. »Ich wäre froh, wenn ich nie im Leben einen BH tragen müsste.«

»Wieso nicht?«, will ich wissen.

»Meiner Mutter starren sie ständig in den Ausschnitt. Das ist doch grässlich!«

Jette fängt an zu kichern. »Kein Wunder. Deine Mutter hat ja auch …« Statt weiterzusprechen, deutet sie enorme Wasserbälle an.

»Lass das«, faucht Leonie. »Du bist echt gemein!«

»Reg dich ab. Und überhaupt – was ist denn so schlimm daran, mit großen …«

»Wehe, du sagst das Wort«, droht Leonie und eine steile Zornesfalte taucht zwischen ihren Brauen auf. »Wehe!«
Kein Mensch weiß warum, aber Leonie ist verklemmter als eine Nonne. Sie möchte bis zu ihrem Lebensende Jungfrau bleiben und wird schon rot, wenn wir an einem Händchen haltenden Liebespaar vorbeigehen.
Prompt trompetet Jette: »Busen! Brüste!«
Sie kann es einfach nicht lassen, Leonie zu piesacken. Das war schon immer so und wird sich in diesem Leben wohl auch nicht mehr ändern. Manchmal finde ich es ja auch ganz spaßig und muss mitlachen. Aber meistens blutet mir das Herz, wenn meine Freundinnen ihre Kleinvieh-Hühnerkacke-Streitereien ausfechten. Weil ich alle beide mag. Und weil ich möchte, dass sie sich auch mögen.
Während Leonie mit verkniffener Miene gespaltene Haarspitzen abknipst und auf ihre geringelten Socken regnen lässt, sagt Jette: »Aber keine Angst. Der liebe Gott wird schon dafür sorgen, dass du nie im Leben einen Busen kriegst und auch keine Scham …«
Leonie schießt in die Senkrechte, guckt wie eine Raubkatze kurz vorm Angriff und giftet: »Wenn du jetzt Schamhaare sagst … Wenn du das jetzt sagst, dann …«
»Dann was?«
»Dann kannst du was erleben!«
»Schamhaare! Schamhaare!«
Schon eine Sekunde später nimmt Leonie sie in den Klammergriff und kitzelt sie durch.

»Lass das! Hör auf!«, kichert Jette.
»Nur, wenn du dich ergibst!«
»Ja, ich ergebe mich ja schon!« Danach ist sie erst mal ein paar Sekunden lang still und schiebt bloß ihre Brille millimeterweise rauf und runter.
»Ich kriege bestimmt auch nie einen Busen«, komme ich Leonie zu Hilfe. Vielleicht tröstet sie das etwas.
Ungelogen! Ich bin der Meinung, dass die Natur so etwas für mich nicht vorgesehen hat. Schon seit einiger Zeit unterziehe ich mich gründlichen Untersuchungen vor dem Spiegel und konnte bisher nichts als platte norddeutsche Landschaft erkennen.
Nachdem sich alle wieder beruhigt haben, starte ich einen neuen Versuch, über unsere Familien zu reden. Typisch, dass Jette es mal wieder geschafft hat, die Aufmerksamkeit aller auf sich zu lenken. Jette will immer im Mittelpunkt stehen – vormittags, nachmittags und am liebsten auch noch nachts.
»Meine Familie ist am blödesten«, erkläre ich und befestige meine Schmetterlingsspange im Haar.
»Wieso denn das, Mia?«, fragt Leonie erstaunt und fährt sich durch ihre dünnen, köterbeigen Haare. »Du hast doch alles, wovon man nur träumen kann. Mutter, Vater, Schwester, Bruder …«
»Eben!«, ächze ich. »Alles stinknormal! Langweilig wie ungetoastetes Toastbrot!«
Leonie und Jette wechseln einen überraschten Blick.

»Aber deine Omi«, wirft Jette ein, »die ist doch echt der Knaller. Bunt, schrill und lustig.«
»Stimmt. Aber Omis zählen nicht.«
»Ich kann dir gerne mal Enzo ausleihen«, schlägt Leonie mit Weltuntergangsmiene vor. »Und meinen Stiefvater auch. Falls du Lust hast, den ganzen Tag lang Boxen im Fernsehen zu gucken oder über Boxen zu reden.«
Leonies Mutter lebt seit ihrer Scheidung mit ihrem neuen Freund, einem Italiener, und dessen Sohn zusammen. Enzo ist vierzehn und gibt immer damit an, die nächste Weltmeisterschaft im Boxen zu gewinnen. Auch wenn das reichlich albern ist, finde ich, dass er mit seinen dunklen Locken ziemlich französisch aussieht. Sprich: total süß. Seit wir Französisch im Unterricht haben, stehe ich nämlich auf alles, was mit Frankreich zu tun hat.
»Aber euch redet nicht ständig jemand bei den Schularbeiten rein«, spiele ich meinen letzten Trumpf aus. Leonies Mutter ist Verkäuferin und arbeitet rund um die Uhr im Kaufhaus. Jettes Eltern schuften und ackern beide in der hauseigenen Apotheke. Meine Eltern schuften auch, allerdings sind sie dabei oft zu Hause. Papi, weil er als Lehrer (Geschichte und Deutsch) nachmittags unterrichtsfrei hat. Mami, weil sie sich als Fußpflegerin selbstständig gemacht hat.
»Igitt, dann hocken ja Leute mit schiefen, krummen, gelben Zehennägeln bei euch rum!«, hat Jette damals so angeekelt ausgerufen, als würde unser Mathelehrer Herr

König, genannt die Triefnase, einen Striptease vor ihr hinlegen. Aber ich konnte sie beruhigen. Zum Glück ist Mamis Arbeitsbereich von unserer Wohnung abgetrennt, sodass die Leute mit den schiefen, krummen, gelben Zehennägeln gerade mal unseren Flur betreten.

»Ich dachte, du findest es toll, wenn deine Eltern dir bei den Schularbeiten helfen«, wirft Jette ein.

»Öhm«, grunze ich nur. Was Papi betrifft, hat Jette schon Recht. Er greift einem unter die Arme, wenn man Fragen hat, ansonsten lässt er einen in Ruhe. Mami ist dagegen die reinste Sklaventreiberin. Jede freie Minute nutzt sie, um sich über einen zu beugen und die Aufgaben zu kontrollieren. Das nervt! Das strengt an! Das treibt einen an den Rand des Wahnsinns!

»Aber ohne deine Eltern würdest du doch nie so gute Noten schreiben«, sagt Jette jetzt und wirft ihre blonden Supertraumhaare zurück.

»Spinnst du?« Ich kann gerade noch verhindern, dass ich wie ein Drache Feuer spucke. Mir so was zu unterstellen ist einfach nur fies!

»Jette, du spinnst«, mischt sich Leonie zum Glück ein. »Mia schreibt gute Noten, weil sie schlau ist. Nicht wegen ihrer Eltern.«

»Alles klar«, nuschelt Jette beleidigt in ihre Kapuzenjacke. »Dann bin ich hier wohl die Einzige, die ein bisschen beschränkt ist.« Seit sie die letzte Englischarbeit vergeigt hat, hat sie einen regelrechten Ich-bin-ja-so-

blöd-wie-Taubenschiss-Komplex, den man ihr nur schwer ausreden kann.
»Nein, bist du nicht«, versichere ich ihr zum tausendsten Mal und versuche meinen Ärger runterzuschlucken. »Einmal Englisch zu verhauen, ist ja wohl kein Drama.«
»Erinnere mich nicht daran!«, heult Jette wie ein Schlosshund auf. Sie braucht eine Weile, um sich wieder runterzukochen, dann fragt sie: »Übrigens ... Kann ich bei jemandem von euch die Übung mit Simple Past abschreiben?« Sie stößt mich an. »Miss Butterfly?«
Gerade habe ich ihr innerlich großzügig verziehen, da bringt sie mich schon wieder auf die Palme. »Wenn du mich noch einmal Miss Butterfly nennst, ganz bestimmt nicht«, drohe ich. Nur weil ich Schmetterlinge in allen Farben und Formen liebe und zu Hause schon eine ganze Sammlung habe – aus Glas, aus Stoff, sogar als Haarspangen! –, muss man mich ja nicht bei jeder Gelegenheit Miss Butterfly nennen.
»Alles klar, Miss Butterfly!«
Jette kichert.
Leonie kichert.
Ich verziehe keine Miene und schmolle erst mal eine Runde. Doch weil ich Jette nie länger als ein paar Sekunden lang böse sein kann, lege ich schon kurz darauf mein Beste-Freundin-Lächeln auf und hole mein Englischheft aus dem Ranzen, das dort schon in einen komatösen Tiefschlaf gefallen ist.

Später am Abend – ich habe mit meiner Familie zu Abend gegessen, meine Zähne sind geputzt und ich liege schon im Bett – krame ich mein rot-weiß gepunktetes Tagebuch aus der Nachttischschublade hervor. Ich habe es zu meinem elften Geburtstag geschenkt bekommen und bringe seitdem jeden Tag ein paar Sätze zu Papier. Heute knabbere ich erst eine Weile am Stift herum, bevor ich drauflosschreibe:

Den Nachmittag mit Jette und Leonie verquatscht. Fast Streit mit Jette gehabt. Weil sie der oberdusseligen Meinung war, dass ich meine guten Noten nur wegen Mami und Papi kriege, was natürlich der reinste Quatsch ist.
Good night, liebes Tagebuch, schlaf Du auch gut und pass auf, dass Dir niemand die Pünktchen vom Umschlag klaubt, klaro?!

Danach ist Schlafen angesagt. Doch gerade als ich fast schon einschlummere, fällt mir noch etwas ein, etwas ziemlich Weltbewegendes sogar. Also knipse ich das Licht wieder an.
»Mia!«, tönt es total genervt aus dem Nebenbett hinter der Stofftrennwand. Zwei Kinderzimmer, drei Kinder – da müssen meine Schwester Lena und ich uns ein Zimmer teilen. Nur mein Paschabruder, der schöne Lukas, hat sein eigenes Reich. Und das nennen Mami und Papi

dann Gleichberechtigung. So aufgeklärt die beiden auch immer tun, manchmal benehmen sie sich eben doch wie Wesen aus der Steinzeit.
»Nur ganz kurz«, entschuldige ich mich und knöpfe mir mein Tagebuch noch einmal vor. Damit der Geistesblitz nicht noch über Nacht flöten geht. Schlaftrunken kritzele ich:

Was ich alles mal tun möchte:
1. Auf einem Schimmel durch die Camargue reiten.
2. Ein kombiniertes Spaghetti-Schaumkuss-Wettessen veranstalten.
3. Einen supersüßen Franzosen küssen. Ich finde Franzosen einfach toll!

Zufrieden klappe ich mein Tagebuch zu, lösche das Licht und dämmere neben meiner inzwischen wie Hölle schnarchenden Schwester endlich weg.

Mr Rülps

Die Nacht endet viel zu früh und viel zu unsanft mit einer ins Zimmer polternden Person, die wie Mami aussieht. Erst als ich schon etwas klarer im Kopf bin, stelle ich fest, dass diese Person tatsächlich meine Mutter ist.
Auweia. Das heißt aufstehen. Neuer Schultag. Reliarbeit. Und ein weiterer elendiger Horror-Tag neben Kaspar. Kaspar ist ein Angeber (angeblich hat er schon die halbe Welt bereist), er kippelt mit dem Stuhl, was aber am meisten an ihm nervt: Er rülpst von morgens bis abends. Seit ein paar Wochen sitzt er dummerweise neben mir. Damals kam unsere Klassenlehrerin Frau Müller-Stegemann in die Klasse spaziert, um nach einer eisigen Begrüßung die quasselige Jungen-Reihe in der vorletzten Bank gewaltsam aufzulösen. Zu viele Spuckekügelchen, zu viele nervige Witze, zu viele Handys und Gameboys. Recht hat sie. Mir gehen diese Störenfriede auch gehörig auf den Keks. Aber Mr Rülps neben mich zu setzen war die blödeste Idee, die Frau Müller-Stegemann je in ihrem Leben hatte.

Schon morgens, wenn mein Banknachbar in die Klasse kommt, rülpst er leise vor sich hin. In der Pause, nachdem er seine drei Leberwurstbrote verschlungen hat, rülpst er wieder (diesmal geräuschvoller). Und wenn er sich später noch eine Limo mit Kohlensäure reinzieht, kann man eigentlich nur noch die Flucht ergreifen.

Jette meint, ich solle mich nicht so anstellen, sie habe Kaspar nur selten rülpsen hören. Aber sie sitzt ja auch gute zwei Meter von ihm entfernt und vielleicht ist sie auch ein bisschen schwerhörig. Manchmal bin ich schon in der ersten großen Pause so geschwächt, dass ich es nur aus der Klasse schaffe, indem ich mich an der Wand entlanghangele.

So auch heute. Prompt spricht mich Leonie auf meinen garantiert bedenklichen Gesundheitszustand an.

»Mr Rülps«, stöhne ich.

»Mr Rülps?«

»Ja! Kaspar rülpst ständig!«

»Aber das ist doch nichts Neues.«

»Heute ist es aber ganz besonders ... grässlich!«, stoße ich mit letzter Kraft hervor.

»Na ja, er könnte sich schon mal ein bisschen zusammenreißen«, räumt Leonie ein.

»Dann musst du's ihm sagen, Mia.« Jette schlendert neben uns her und hackt ihre blitzweißen Zähne in einen Apfel.

»Ach ja? Wie denn?«

»Indem du dich erst mal vor ihn hinstellst ... ungefähr so ...« Jette spreizt ein Bein ab, knickt in der Hüfte ein und stützt ihren Kopf in die Hand. Ein bisschen sieht sie jetzt wie ein Schimpansen-Weibchen beim Modelcasting aus. »Und dann sagst du: ›Hey, Mr Rülps, könntest du netterweise mit dem Gerülpse aufhören? Ja? Das wäre ausgesprochen nett von dir, vielen Dank auch. Tschau.‹«

»Sehr witzig.«

»Ich meine es ernst.«

»Jette hat Recht«, schlägt sich Leonie überraschend auf ihre Seite. »Wenn du ihn nicht drauf ansprichst, wird sich nie etwas ändern, und dann wirst du dich eines Tages nicht mehr auf die Schule konzentrieren können, in allen Fächern gleichzeitig absacken, keinen Schulabschluss kriegen, in einem Pappkartonhaus auf der Straße landen, betteln gehen müssen ...«

»Hör auf!«, stoppe ich sie und mache, dass ich in die Klasse komme. Kaspars Gerülpse ist schlimm. Noch schlimmer ist das Gerede meiner Freundinnen. Aber am allerschlimmsten wäre es, Mr Rülps auch noch darauf ansprechen zu müssen. Wahrscheinlich würde ich auf der Stelle in Ohnmacht fallen.

In der nächsten Stunde schreiben wir Reli bei Herrn Grützke, den die ganze Klasse bloß den Heiligen nennt.

»Formuliert einen Brief an Gott«, steht auf dem Aufgabenzettel.
Einen Brief an Gott?
Eigentlich schreibe ich keine Briefe. Nicht mal an entfernte Verwandte. Und jetzt soll ich mich gleich bei einem ausprobieren, der a) keine echte Person ist und b) keine E-Mail-Adresse, geschweige denn einen festen Wohnsitz hat? Eine Weile sitze ich bloß da und formuliere im Kopf vor:

Lieber Gott,
ich heiße Mia, bin elf Jahre alt und stecke in der Klemme. Mein Banknachbar Kaspar rülpst so oft, dass mir manchmal die Haare zu Berge stehen. Kannst Du mir bitte helfen? Ach, und wenn Du bitte auch noch dafür sorgen würdest, dass meine Geschwister weniger rumnerven, ja? Das wäre total lieb von Dir, lieber Gott.
Deine Mia (die mit der schönen Schmetterlingssammlung)

Ich gucke nach links und rechts und sehe, dass sowohl Kaspar als auch Jette schon wild am Schreiben sind. Die Sache mit Kaspars Rülpsern kann ich unmöglich hinschreiben, also werfe ich meinen Hirnapparat ein zweites Mal an, diesmal ernsthaft. Dann lege ich los:

Lieber Gott,
hallo, ich bin's, Mia aus Hamburg. Verzeihung, wenn ich das so frage, darf ich Dich duzen? Ich weiß schon, alle Welt duzt Dich, aber wieso eigentlich? Im Grunde (so sagt man jedenfalls) bist Du doch wichtiger als unsere Bundeskanzlerin, wichtiger als der Papst, wichtiger als der Trainer der Fußballnationalmannschaft – und die drei werden schließlich auch gesiezt. Wie auch immer …
Ich wünsche mir etwas von Dir, und zwar

- *dass die Menschen sich nicht mehr gegenseitig niedermetzeln, nur weil sie neidisch auf das sind, was andere haben (zum Beispiel Erdöl),*
- *dass die Klimakatastrophe nicht ganz so schlimm ausfallen wird, wie manche Forscher vorhersagen, und*
- *dass der Mensch es schafft, die schlimmsten Krankheiten zu besiegen.*

Zu viel auf einmal? Kann sein. Aber Du bist groß. Du schaffst das schon! (Wie ich auch diese Klassenarbeit schaffe.)
Ganz liebe Grüße an Dich da oben
Deine Mia

PS. Ich muss Dir übrigens etwas gestehen: Manchmal zweifele ich daran, dass es Dich überhaupt gibt. Weil ich finde, dass so viel Unrecht auf der Welt geschieht und Du dich schon mal ein bisschen darum hättest kümmern können. Übrigens habe ich eben fünf Minuten darüber nachgedacht, ob ich das überhaupt hinschreiben darf, aber man soll doch immer die Wahrheit sagen, oder? Deswegen …! Mach's gut.

Als es schon wenig später klingelt und wir abgeben müssen, bin ich schwer begeistert von meinem Brief. Er ist tiefgründig und ehrlich, aber nicht schleimig. Ich bin so beeindruckt, dass ich mich in der Pause hinsetze und mir ein paar Stichpunkte in meinem Tagebuch notiere (das mit den Kriegen, der Klimakatastrophe und den Krankheiten).

So weit der Vormittag. Zum Mittagessen hat sich Omi Olga angesagt. Omi Olga lebt nicht bei uns, was ein Segen ist. Sosehr wir sie alle vergöttern, wahrscheinlich würde es spätestens nach 48 Stunden Mord und Totschlag geben. Omi Olga hört so laut die Rolling Stones, dass ihre komplette Nachbarschaft regelmäßig aus dem Bett plumpst. Sie trägt schreigrüne, schreipinke und schreiorangefarbene Klamotten (Hilfe, Erblindungsgefahr!). Sie übt Bauchtanz am offenen Fenster (peinlich!). Und außerdem ist es in ihrer Wohnung unordentlicher als im Innern eines Staubsaugerbeutels.
»Hallöchen, ihr Lieben!«, trällert sie und kommt wie ein

Papagei bei Windstärke zehn in die Wohnung geflattert. »Ich hab euch was Leckeres mitgebracht!«

Papi, der sich am Herd die Finger wund rührt (Erbseneintopf), guckt sparsam aus der Wäsche, als er das riesengroße Fresspaket erblickt, das seine Mutter wie einen Schatz vor sich herträgt. Lukas und ich decken gerade den Tisch. Das heißt, ich stelle alles Notwendige hin, Lukas schleicht in Zeitlupe um mich herum und tut bloß so, als würde er sich irgendwie nützlich machen.

»Mutter, hättest du das nicht früher sagen können?«, fragt Papi gequält und streichelt dabei über seinen Bart. Wie üblich trägt er ein Holzfällerhemd und Sandalen, was Mami ganz schrecklich findet. Ich glaube, sie steht mehr auf die gestriegelten und herausgeputzten Männer aus den Werbespots. Am besten noch, wenn sie sich mit nacktem Oberkörper in den auslaufenden Wellen am Strand räkeln.

»Papperlapapp«, sagt Omi. »Ihr seid berufstätig, da kann ich euch doch wohl mal etwas entlasten.« Sie legt ihre ausrangierte Briefträgertasche ab, die sie seit Urzeiten statt Handtasche benutzt. »Außerdem ist Sushi leichter verdaulich als die Eintopfpampe da auf dem Herd.«

Sushi. Lukas und ich sehen uns an. Ihren rohen Fisch kann Omi Olga vergessen – da sind wir ausnahmsweise ganz einer Meinung. Auch wenn Erbseneintopf keine wirkliche Alternative ist.

»Nun guckt nicht so, Kinder. Fisch hat Proteine. Und

die sind gut fürs Wachstum. Oder wollt ihr bis an euer Lebensende so zwergenhaft bleiben?«

Lukas und ich wechseln einen zweiten Blick und müssen uns ziemlich anstrengen, um nicht hysterisch loszujohlen. Es kann schon sein, dass wir noch nicht ganz ausgewachsen sind, aber wenn ein Mensch zwergenhaft gewachsen ist, dann unsere Omi. Größen- und figurtechnisch könnte sie glatt als Teletubbie durchgehen. Ohne lange zu fackeln, packt sie das Sushi-Paket aus und klatscht in jeden Suppenteller vier kleine, von Seetang umwickelte Röllchen.

»Was soll das denn werden, Olga?« Mami kommt in die Küche, das Gesicht so bewölkt wie der Himmel an norddeutschen Regentagen.

»Das Sushi genehmigen wir uns als Vorspeise, und wenn ihr unbedingt auf Erbsensuppe besteht, gibt es die eben als Hauptspeise.« Omi Olga sieht so aus, als wolle sie sich vor lauter Begeisterung über die Idee gleich selbst auf die Schulter klopfen. Doch bevor ihr noch jemand zu ihrem grandiosen Einfall gratulieren kann, wird die Haustür aufgeschlossen. Gepolter ist zu hören, dann kommt meine kleine Schwester in die Küche geschossen.

»Stellt euch vor! Ich hab eine Eins in der Mathearbeit! Eine Eins!«, krakeelt sie, als wären wir alle schon ein bisschen taub. Ihr rosa Ranzen landet mit einem Rums in der Ecke.

»Toll!«, ruft Papi.

»Super!«, quietscht Omi Olga und Mami vollendet die Lobhudeleien mit einem vor Schmalz triefenden »Prima, mein Schatz!«
Ich grunze nur genervt in mich hinein. Meine kleine Superschwester schreibt immer und in fast allen Fächern Einsen – das ist eine Art Naturgesetz. Fragt sich nur, ob man sie deswegen ständig bejubeln muss, als habe man eine Art Albert Einstein in Mädchengestalt vor sich. Nicht weniger nervig finde ich, dass dieselben Leute, die sich wegen meiner superschlauen Schwester vor Bewunderung kaum noch einkriegen können, beim Anblick meines Bruders nahezu in Ohnmacht fallen. Weil er angeblich so schön ist. Okay, er hat wahnsinnig dichte, lange Wimpern und grüne Augen, aber ist das ein Grund, regelmäßig einen Affentanz aufzuführen? Nur bei mir gerät niemand aus dem Häuschen. Was offenbar daran liegt, dass ich so unauffällig wie eine Staubfluse bin. Nach der dreht sich auch kein Schwein um.
Also mache ich mir nicht die Mühe, von meinem großartigen Einfall bei der Religionsarbeit zu erzählen. Ich schiebe stattdessen die Sushi-Röllchen beiseite, löffele einen Teller Suppe und lasse das Geschwätz wie Wolken am Himmel vorüberziehen. Meine Mutter will ihren Kundenkreis erweitern (sprich: Anzeigen im Lokalblättchen schalten), mein Vater stöhnt wegen der vielen Klassenarbeiten, die er korrigieren muss, Lukas schweigt und ergeht sich in Schönheit, Lena nascht von

Lukas' und von meinem Sushi und plappert, was ihr gerade so in den Sinn kommt: ... *XY hat ihren Füller verloren ... den, den sie gerade erst zum Geburtstag gekriegt hat ... haben ihn dann nach der Sechsten bei den Fahrradständern gefunden ... wetten, dass XYZ dahintersteckt? ... der geht jetzt übrigens mit der dicken XZY ... die hat einen Badeanzug ... zum Fürchten! Mit einer quietschrosa Micky-Maus vorne drauf ... in Schwimmen ist nächste Woche Kopfsprung dran ... ich weiß nicht ... hoffentlich schaffe ich das ... weil, wenn nicht ... wenn ich das vermassele, kriege ich vielleicht nur eine Zwei in Sport ...*

... und mit einer Zwei im Zeugnis gibst du dir am besten die Kugel, beende ich Lenas Wortschwall in Gedanken. Ich halte das nicht mehr aus. Also schnappe ich mir einen Apfel und verkrümele mich mit der Ausrede, mich gleich an die Hausaufgaben setzen zu wollen, in unser Zimmer. Hausaufgaben ziehen immer. In Wahrheit will ich mich in meinem Tagebuch über meine kleine Horrorfamilie auslassen. Ich klappe meinen Ranzen auf, doch so tief ich auch grabe, mein rot-weiß gepunktetes Lieblingsheft ist nicht da. Mein Herz beginnt zu hämmern. Das Tagebuch muss da sein! Panisch stelle ich den Ranzen auf den Kopf und kippe den Inhalt auf meinen Läufer. Hefte, Bücher, mein Federmäppchen – alles purzelt durcheinander.

»Suchst du was?« Lena taucht wie hergezaubert am Fußende meines Bettes auf.

»Geht dich nichts an«, antworte ich knapp.
Lena bohrt seelenruhig in der Nase. Erst im linken, dann im rechten Nasenloch. Als sie damit fertig ist, sagt sie: »Vielleicht kann ich dir ja helfen.«
»Verzieh dich. Du nervst!«
»Wetten, dein Geheimbuch ist futsch?«
»Ich habe überhaupt kein Geheimbuch!«, blaffe ich sie an.
»Dann eben Tagebuch. Ist doch egal, wie das Ding heißt.«
Ein Grinsen überzieht ihr Gesicht wie Zuckerguss einen Donut. »Stimmt's oder hab ich Recht?«
Blitzschnell springe ich auf und nehme Lena in die Zange.
»Gib's zu! Du warst es! Du hast es mir geklaut!«
»Nein, hab ich nicht!«
Lena boxt und strampelt, aber ich lasse sie nicht los.
»Woher weißt du denn, dass mein Tagebuch weg ist?«
»Das stand heute in der Zeitung!«, keucht sie. »Aber du kannst ja wohl nicht lesen.«
Mit einem Ruck lasse ich meine Schwester los. So rotzfrech, wie sie manchmal ist, kann sie einem wirklich auf die Nerven gehen.
»Ist doch nicht so schlimm«, sagt sie und betrachtet meine Schmetterlingssammlung auf der Fensterbank. »Wahrscheinlich hast du's einfach in der Schule liegen lassen, und wenn du morgen in die Klasse kommst ...«
»Dann hat es sich schon jemand unter den Nagel gerissen und liest drin«, ergänze ich matt. Weil ich keine Kraft

mehr habe, mich auf mein Bett zu retten, sinke ich gleich an Ort und Stelle auf die Knie. »Das ist der totale Albtraum, Lena!«

»Aber warum denn?«

»Weil …«, ächze ich. »Weil da Dinge drinstehen, die die Leute aus meiner Klasse nichts angehen.«

Ohne weiter nachzufragen, schaltet Lena sofort auf Tröstmaschine um. Sie streichelt meine Haare, meine Schultern und schmatzt Küsse in die Luft, doch nichts hilft. Falls ich das Tagebuch tatsächlich in der Klasse liegen gelassen habe und es jemand aus meiner Klasse gefunden hat, kann ich auch davon ausgehen, dass der- oder diejenige heimlich darin liest. Das wäre das Ende. Mein Ende. Weil mein Gekritzel bestimmt nicht nur Mr Rülps die Haare zu Berge stehen lassen würde.

Über Henning steht dort zum Beispiel, dass er so doof wie lang ist. Über seinen besten Freund Oliver, dass ihm Pickel wie Pilze auf der Nase sprießen. Über Meike, dass sie von der Seite einen Entenarsch hat. Über Inga, dass sie so viel Wortmüll produziert, dass man damit alle Abfalleimer Hamburgs zum Überquellen bringen könnte. Und über Jette … Hilfe, nicht mal meine beste Freundin ist verschont geblieben …

Jette geht mir mit ihren Starallüren manchmal ganz schön auf die Nerven. Immer muss sie die Schönste und Tollste sein. Ziemlich affig, finde ich.

Als ich später am Nachmittag meine Ballettsachen zusammenpacke, fahren meine Gedanken immer noch Karussell. Jette ist nach der Sechsten in der Klasse geblieben, um mit Frau Müller-Stegemann über ihr Referat zu reden, eine Buchvorstellung. Hoffentlich ist ihr dabei mein Tagebuch in die Hände gefallen. Oder besser doch nicht? Als meine beste Freundin hätte sie es bestimmt an sich genommen, aber da sie neugierig wie sieben Matrosen ist, die gerade dabei sind, einen neuen Kontinent zu entdecken, hätte sie garantiert einen Blick hineingeworfen. Vielleicht bloß einen klitzekleinen, weil sie ebenso gut wie ich weiß, dass man nicht in fremden Tagebüchern herumschnüffelt. Aber dieser eine Blick hätte ausreichen können …

Doch kaum setze ich eine halbe Stunde später einen Fuß in die Umkleidekabine der Tanzschule, läuft Jette auf mich zu und umarmt mich stürmisch. Das fühlt sich mehr nach Liebesbeweis als nach Hiermit-kündige-ich-dir-die-Freundschaft an.

»Ja, ist ja gut«, beruhige ich sie wie ein unerzogenes Hündchen, aber Jette knutscht und drückt an mir herum, als wäre sie gerade in heißer Liebe zu mir entbrannt. Fehlt noch, dass sie mir gleich einen feuchten Schmadderkuss auf den Mund drückt.

»Miss Butterfly, stell dir bloß vor! Miss Butterfly, stell dir bloß vor!«, juchzt sie wieder und wieder. Was ich mir allerdings vorstellen soll, verrät sie nicht.

»Allez! Vite, vite!« Das ist unsere Ballettmeisterin Frau Georgi – wie üblich von Kopf bis Fuß in Schwarz gekleidet –, die uns zur Eile antreibt. Endlich lässt Jette von mir ab. »Also, was ist nun?« Hastig schäle ich mich aus meinen Straßenklamotten.

»Eben auf dem Weg hierher ...« Jette japst nach Luft. »Da kommt so ein älterer Mann auf mich zu ... Quatsch, stimmt ja gar nicht. Er hat sich von hinten an mich rangeschlichen und mir auf die Schulter getippt.«

»Wahnsinn«, sage ich so ausdruckslos wie ein zwei Tage altes Frühstücksbrötchen und schlüpfe in meine weißen Ballettstrumpfhosen, die meine Beine immer ein bisschen wie bayerische Weißwurst aussehen lassen.

»Also dieser Typ ...« Jettes Augen leuchten, als sie wie weggetreten die schmutzig graue Decke anstarrt. Dann schweigt sie. Oder grübelt. Keine Ahnung.

»Okay«, nehme ich den Gesprächsfaden auf. »Er ist in dich verknallt, er will dich heiraten, Kinder mit dir machen und in eine schicke Dachgeschosswohnung in Eppendorf ziehen.«

»Quatsch! Der Typ ist über 40!«

»Ist doch super! Dann hat er bestimmt auch das Geld für die schicke Dachgeschosswohnung in Eppendorf.«

»Mach dich nicht über mich lustig. Der Mann will – jetzt halt dich fest! – er will Fotos von mir machen!«

»Fotos.«

»Ja, Fotos! Ist das nicht irre?« Jette sieht aus, als würde

sie gleich ihren Propeller anschmeißen und wie Karlsson vom Dach ein paar Runden durch die Umkleidekabine drehen. »Er meint, ich hätte tolle Haare, ein tolles Gesicht, tolle Haut, eine tolle Figur … und – jetzt halt dich fest! – ich könnte eine tolle Superwahnsinns-Karriere als Model machen. In Paris, Mailand, New York – ach, überall!«
»Jette, du bist elf!«, entgegne ich, während ich mich gleichzeitig frage, warum ich mich eigentlich ständig irgendwo festhalten soll. Das werde ich gleich sowieso tun müssen. Und zwar im Ballettsaal an der Stange.
»Mit elf kannst du sowieso kein Model werden.«
»Und ob ich das kann! Es gibt ja wohl genug Kindermodels. Manche laufen sogar schon mit sechs über den Laufsteg!«
»Für so was bräuchtest du aber die Erlaubnis deiner Eltern.«
Jettes Lächeln gefriert. »Mist!«, zischt sie. »Daran hab ich ja gar nicht gedacht!«
Komisch, dass Jette das erst jetzt einfällt. Jeder Hans und Franz weiß doch, wie streng ihre Eltern sind. Sie erlauben ihr ja nicht mal Kontaktlinsen zu tragen, geschweige denn im Sommer bauchfrei zu gehen. Kaum vorstellbar, dass sie sie als Schülerin einer sechsten Klasse als Supermodel durch die Welt reisen lassen würden.
»Meinst du, ich soll die Fotos trotzdem machen lassen?«, raunt Jette mir bei den ersten Pliés an der Stange zu.
»Nein! Auf gar keinen Fall!«

»Warum denn nicht?«

»Mia! Jette!«, unterbricht Frau Georgi unser Geplänkel. »Hört bitte auf zu tuscheln! Volle Konzentration!«

Helena und Nienke, die Primaballerinen unserer Ballettklasse, kichern, aber ich zeige ihnen eine doppelt lange Nase. Die blöden Zicken quatschen und stören oft so sehr, dass die Ballettstange wackelt, und nehmen sich jetzt raus, sich über uns lustig zu machen. Das ist ja wohl das Allerletzte! Zumal die beiden sowieso nur zum Ballett gehen, weil es zum guten Ton gehört. Genauso wie Tennis spielen und Geige lernen. Ich habe da schon bessere Gründe. Jette. Meiner besten Freundin zuliebe würde ich (fast) alles tun.

Doch sosehr ich mich auch bemühe, die ballettöse Elfe abzugeben, heute will es einfach nicht klappen. Ständig muss ich an mein Tagebuch denken. Wo mag es nur sein? Wer liest wohl gerade neugierig darin herum?

Ich gerate aus dem Takt, verheddere mich mit den Füßen und später, bei den Pirouetten im Raum, fange ich an zu trudeln und rumse gegen das Klavier. Die Primaballerinen kichern und auch Jette kann es sich nicht verkneifen loszuglucksen.

Nach der Stunde zischt sie wie der geölte Blitz in Richtung Umkleide. Ich will ihr gerade nacheilen, als mich Frau Georgi beiseitenimmt. »Mia, was war denn eben mit dir los?« Sie klingt mehr besorgt als vorwurfsvoll.

»Ich … ich weiß nicht«, stottere ich und mustere meine

rosa Schläppchen, die am Rand schon ganz schwarz gescheuert sind.
»Hast du Kummer? Probleme in der Schule? Zu Hause?«
Das sind eindeutig zu viele Fragen, also schüttele ich bloß den Kopf und schäme mich gleichzeitig, weil das ja fast eine Lüge ist. Aber soll ich der Georgi etwa erzählen, dass mein Tagebuch futsch ist und ich nun Angst habe, es mir mit der halben Klasse verscherzt zu haben?
»Aber falls irgendetwas ist … Du kannst jederzeit zu mir kommen.« Lächelnd streicht sich die Georgi über ihre roten, straff zurückgebundenen Haare.
»Nett von Ihnen, vielen Dank.« Ich knickse artig – bestimmt die grazilste Bewegung, die ich heute überhaupt zu Stande gebracht habe, und dann mache ich, dass ich aus dem Ballettsaal komme.
Jette steht in Jeans und Sport-BH vorm Spiegel. »Sieht der nicht grausam aus?«, stöhnt sie.
»Finde ich nicht«, sage ich und starre ein bisschen neidisch auf die kleinen Hügel, die sich unter dem rosafarbenen Baumwollstretch abzeichnen. Das einzig Grausame sind die vielen grinsenden Mini-Snoopys, aber ich schätze, Jette wollte unbedingt einen BH mit süßen Hunden.
»Voll der Baby-BH.«
»Dann lass ihn doch einfach weg.«
Jette guckt mich an, als wäre ich gerade einer Raumkapsel entstiegen und grün statt rosig im Gesicht. »Aber – wenn – man – einen – Busen – hat, – trägt – man – nun –

mal – einen – BH«, klärt sie mich mit Roboterstimme auf. »Das – war – schon – immer – so – und – wird – auch – immer – so – bleiben.«

»Du hast doch noch gar keinen Busen«, werfe ich ein. »Du bist gerade erst dabei, einen zu kriegen.«

»Ja, und manche kriegen auch nie einen«, giftet sie zurück, als hätte ich gerade etwas total Fieses gesagt. Dabei war es nichts weiter als eine Feststellung.

»Macht doch nichts«, entgegne ich lässig. Seit dem letzten Treffen bei mir zu Hause müsste Jette doch wissen, dass ich gar nicht besonders scharf auf einen Busen bin.

»Das macht nichts?«, kreischt sie. »Dann kannst du nie heiraten und Kinder kriegen!«

»Wieso denn nicht?«

»Na, hör mal! Männer wollen Busen! Babys übrigens auch – zumindest wenn sie Hunger haben.«

»Wer sagt denn, dass ich überhaupt mal Kinder haben will?« Ich schlüpfe aus meinem Trikot. Jette lässt sich auf die Holzbank sinken und streichelt die Jacke auf ihrem Schoß wie ein Kätzchen. »Du hast Recht«, murmelt sie. »Ich will wahrscheinlich auch keine Kinder haben. Topmodel sein, durch die Welt jetten und dann Babysabber auf dem T-Shirt – das passt irgendwie nicht zusammen.«

»Und ich finde, elf sein und sich von irgendwelchen halb irren Fotografen anquatschen zu lassen, das passt auch nicht zusammen.«

»Der Mann war nicht halb irre! Er sah richtig nett aus!« Wie zum Beweis reicht sie mir eine schmuddelige Visitenkarte mit abgeknickter Ecke. *Albert-Mario von Greifenberg, Photography* lese ich auf der Vorderseite, auf der Rückseite steht: *Beauty – Fashion – People.*

»Kling doch irre, oder? Beauty … Fashion …« Jette malt mit den Händen große Kreise in die Luft. Oder Achten. Oder einfach nur Wischiwaschi. »Voll international.«

»So, und jetzt fahren wir zu Alina«, wechsele ich das Thema und schlüpfe schon mal in meine Jeans.

»Alina?«, fragt Jette mit Glimmerblick, als wäre sie ganz woanders.

»Ja! Sag bloß, du hast es vergessen.«

»Ach, stimmt«, erwidert Jette jetzt wieder mit halbwegs normalem Blick. »Alina braucht ja noch die Hausaufgaben von gestern und heute.«

Alina, die Vierte in unserer Clique, war wieder mal nicht in der Schule. Alina hat Diabetes. Das bedeutet, dass sie jedes Mal vorm Essen ihren Blutzucker messen und sich mit einem Pieksgerät eine kleine Menge Insulin in ihren Bauch pumpen muss. An manchen Tagen läuft trotzdem etwas schief und ihr wird aus heiterem Himmel komisch oder ihre Hände fangen an zu zittern. Dann trinkt sie schnell einen Fruchtsaft oder isst einen Müsliriegel – notfalls auch mitten im Unterricht. Wir kennen Alina ja nicht anders und finden es daher ganz normal, ich kann mir jedoch vorstellen, dass sie selbst schon ein wenig darunter leidet, anders als alle anderen zu sein. Im Moment ist es besonders schlimm, da ihr Stoffwechsel durch den *Beginn der Pubertät* (so die Ärzte) ziemlich durcheinandergeraten ist. So musste sie gleich eine ganze Woche mit der Schule aussetzen, um sich die Zeit in tausendundeiner Arztpraxis zu vertreiben. Die Arme! Gut nur, dass sie immer einen Liebesschmöker dabeihat, den sie dann wie eine Süchtige durchliest.

»Eben.« Ich verpasse meiner Freundin einen Stupser. »Und du denkst immer bloß an deine Modelkarriere, an deinen BH und an Jungs.«

»Ich denke an Jungs? Nie im Leben!«

»Na, dann ist ja gut. Jungs sind auch wirklich total bescheuert.« Abgesehen von Leonies Halbbruder vielleicht. Aber der Gedanke blitzt nur kurz auf, um sofort wieder zu verpuffen.

»Stimmt«, bestätigt Jette und fängt wie auf Bestellung an zu grinsen. Ich habe ja den starken Verdacht, dass sie doch den einen oder anderen Jungen gut findet. Zum Beispiel meinen Bruder. Jedenfalls kann sie kaum die Augen von ihm lassen, wenn sie ihm bei mir zu Hause über den Weg läuft. Keine Ahnung, was man an Lukas toll finden kann. Für Außenstehende mag er zwar ganz hübsch aussehen, nur was fängt man mit einem Kerl an, der die meiste Zeit über schweigt? Da unterhält man sich doch besser mit seinem Frühstücksbrötchen.

Quasselnachmittag

Eine Viertelstunde später sitzen wir im Bus, unsere Balletttaschen zwischen Schienbeine und Vordersitz gequetscht, und fahren zu Alina.

Ich stoße Jette an, die wie gebannt nach draußen starrt, wo dunkelgraue Wolkenschiffe am Himmel vorbeiziehen.

»He, träumst du?«

Ihr Kopf fährt im Schneckentempo herum. »Wasssenn?«, fragt sie, als würde sie aus einem tiefen Traum erwachen. Wahrscheinlich ging es darin um ihre Supermodelkarriere. »Wieso guckst du so nach Weltuntergang?«

Es hilft nichts. Ich muss es ihr sagen. Es ist eh schon alles egal. »Mein Tagebuch ist weg«, presse ich hervor.

»Wie, weg?«

»Na, eben weg!« Da Jette eine glatte Zwei in Deutsch hat, sehe ich es gar nicht ein, sie über die Bedeutung des Wortes *weg* aufzuklären.

»Du meinst, du hast es verloren? Es ist verschwunden? Futsch?«

»Jaaaa, es ist verschwunden, also futsch.« Manchmal muss man mit Jette wie mit einer älteren Dame reden, deren Gehirn nicht mehr ganz auf Zack ist.
»Ja und?« Meine Freundin mustert mich verständnislos. »Was ist so schlimm daran?«
Ich rolle mit den Augen. »Schlimm ist, dass ich es wohl in der Schule liegen gelassen habe und dass jetzt jeder Hirni meine Gedanken lesen kann!«
»Hm«, macht Jette und massiert sich die Nasenwurzel. Das bedeutet, dass sie gerade ganz angestrengt nachdenkt. Besser, man stört sie nicht dabei. Nach zirka 100 Sekunden erkundigt sie sich, was denn überhaupt in meinem Tagebuch stehen würde.
»Na, eben alles!«, antworte ich wie aus der Pistole geschossen. »Was ich erlebe, was ich denke, was ich fühle.«
»Und was ist so furchtbar, wenn das jemand liest?«
»Würdest du wollen, dass man dir direkt ins Gehirn gucken kann?«
»Hilfe, nein!« Jette deutet auf die Frau schräg vor uns. »Dann würde die da zum Beispiel wissen, dass ich ihren Anorak total daneben finde.«
»Siehst du. Genau das meine ich.«
Jette mustert mich und kneift ihre Augen zusammen. »Das heißt also, du lästerst manchmal in deinem Tagebuch über andere Leute ab?«
»Nö … Nicht so ganz«, druckse ich und pule an einem steinharten Kaugummi an dem Sitz vor mir herum. »Ich

schreibe nur die Wahrheit. Aber ich schätze, die will nicht jeder hören.«

»Sag mal, Miss Butterfly ...« Jette kommt mit ihrem Mund ganz nahe an mein Ohr. »Hast du etwa auch über Leonie, Alina und mich gelästert?«

»Quatschneinnatürlichnichtwiekommstdudenndarauf!«, kiekse ich mit sich überschlagender Stimme. Hoffentlich mache ich mich dadurch nicht erst recht verdächtig. Doch Jette nickt bloß und sieht so aus, als würde sie es mir abkaufen.

»Und was soll ich jetzt machen?«, wimmere ich und knipse hektisch meine Schmetterlingsspange auf und zu.

»Nichts. Wahrscheinlich liegt das Buch sowieso an deinem Platz, wenn du morgen in die Schule kommst. Und kein Schwein hat's gemerkt.«

»Und wenn nicht?«

»Dann hast du immer noch Zeit, dir Gedanken darüber zu machen. Meine Omi sagt, wozu eine Katastrophe heraufbeschwören, die noch gar nicht da ist! Da hat sie doch Recht, oder?«

Natürlich hat Jettes Omi Recht. Nur scheint sie nicht zu wissen, dass aus einer nicht vorhandenen Katastrophe ganz schnell eine riesengroße werden kann, die einen dann wie eine Lawine überrollt.

Alina hockt vorm Fernseher und guckt eine Telenovela, als wir kurz darauf bei ihr eintrudeln.
»Da seid ihr ja endlich!«, ruft sie. »Ich habe schon so auf euch gewartet!« Allerdings reißt sie sich nicht mal eine Sekunde von der Mattscheibe los.
»Und? Wie geht's dir so?« Jette lässt sich neben Alina aufs Sofa plumpsen. Ich fläze mich in den alten schweren Ledersessel, der immer ein bisschen nach Zigarrenrauch riecht.
Wie hypnotisiert in die Glotze starrend murmelt Alina irgendetwas, das wie *luper* oder *puper* klingt. Sie ist ziemlich blass und ihre roten Haare fallen wie fisselige Spaghetti auf ihre Schultern. Für einen Moment flackert ihr Blick zu uns rüber. »Wartet mal kurz ... Ich wette, Jana und Fabian küssen sich gleich. Das geht schon seit drei Folgen so. Immer denkt man, gleich, gleich! küssen sie sich und dann doch wieder nicht.«
»Filmküsse sind voll peinlich«, bemerkt Jette. »Ist sowieso alles nur gestellt.«
»Woher willst du das eigentlich so genau wissen?« Alina riskiert nun doch einen etwas längeren Seitenblick.
»Steht doch in jeder Zeitung. Und wenn du genau hinguckst, siehst du auch, dass die Münder nicht mal richtig aufeinandertreffen. Die küssen sich eher aufs Kinn.«
»Sei still!«, jault Alina auf. Es scheint ihr körperlich weh zu tun, wenn man an ihrer heilen Filmwelt kratzt.
»Sind das Jana und Fabian?«, schalte ich mich ein. Gerade

tigern eine blonde Frau und ein dunkelhaariger Mann durch eine total unordentliche Küche und das kitschige Fiedeln der Geigen deutet darauf hin, dass jede Menge Liebesanwandlungen im Spiel sind.
»Ja! Psst!«
Im nächsten Moment passiert es tatsächlich. Die Münder der beiden bewegen sich in Zeitlupe aufeinander zu, aber wie Film- und Kussexpertin Jette es vorausgesehen hat, drückt der Typ seine Lippen bloß auf die kleine Kuhle zwischen Mund und Kinn. Dabei reißt die Blondine immer wieder ihren Mund auf und grunzt, als würde sie die Kinnküsserei total verrückt machen.
»Siehst du!«, johlt Jette triumphierend, doch da ist die Folge auch schon zu Ende und die Vorschau auf morgen flackert über den Bildschirm. Auch wenn alle Welt sehen konnte, dass der Kuss ganz bestimmt nicht echt war, hat Alina einen *tränenumflorten* Blick (so heißt das wohl in der Welt ihrer Kitschromane), als sie nun nach der Fernbedienung greift und den Fernseher ausstellt. Ich glaube, ohne Serien und Kitschromane würde sie wie eine Primel eingehen.
Während Alinas Mutter Saft und etwas zu knabbern bringt, erzählt Alina, dass sie so weit fit ist und morgen wieder in die Schule darf. Ihre größte Sorge gilt dabei Mathe. Was, wenn sie zu viel versäumt hat und nun gar nicht mehr mitkommt?
»Dann helfen wir dir, ist doch klar!«, verkünde ich

großspurig, obwohl ich von Dezimalbrüchen nicht mehr verstehe als ein Esel vom Schlittschuhlaufen. Ganz zu schweigen von Jette, die bei Herrn Triefnase meistens sofort abschaltet und nur noch SMS unter dem Tisch tippt, was eigentlich strengstens verboten ist. Vielleicht kann uns Omi Olga Nachhilfe geben. Mami und Papi sind, was Mathe angeht, die absoluten Nieten. In ihrer eigenen Schulzeit haben sie sich schon nicht als Mathegenies hervorgetan und Papi ist es wohl auch zu peinlich, einen seiner Kollegen deswegen um Rat zu bitten.

Nachdem wir Alina schulisch auf den neuesten Stand gebracht haben, will sie wissen, was es sonst so Neues gibt.

»Och – eigentlich nichts Besonderes«, wiegele ich ab. Keine Lust, über mein verschwundenes Tagebuch zu reden.

»Na, hör mal!«, kreischt Jette auf. »Ich finde, es sind richtig weltbewegende Sachen passiert!« Sie setzt sich so aufrecht hin, dass jedes Lineal vor Neid erblassen würde. Schon im nächsten Moment deutet sie mit beiden Zeigefingern auf ihren Oberkörper.

»Neues T-Shirt?«, fragt Alina.

Jette schüttelt den Kopf.

»Neue Brille?«

»Nein!«

»Hm … Dann weiß ich nicht.«

»Nun rat doch mal! Sperr deine Augen auf!«

»Jette trägt einen BH«, sage ich und tue, als müsste ich

gähnen. »Besser gesagt, einen Sport-BH.« Wie ich Jette kenne, würde sie die Spannung am liebsten ins Unermessliche steigern. Allerdings finde ich das bei dem Thema dann doch ein wenig übertrieben. Wir unterhalten uns ja sonst auch nicht über jede neue Unterhose, die uns in den Kleiderschrank flattert.

»Ach so«, entgegnet Alina ohne jede Gefühlsregung.

»Ach so?«, kreischt Jette. »Nur ach so?«

»Na ja«, murmelt Alina und knabbert einen Keks an. »Ich freue mich eben nicht besonders auf den Tag, an dem ich mir so ein Ding umschnallen muss.«

»Ich weiß wirklich nicht, was ihr alle habt«, schnaubt Jette, als hätten wir sie persönlich beleidigt. »Wieso wollt ihr keinen Busen?«

»Ich will ja einen«, stottert Alina sichtlich in Bedrängnis, »irgendwann einmal … Aber doch nicht schon jetzt!«

Jette zieht ihre Stirn kraus. »Und wann? Mit 15? Mit 30? Leute, das kann man sich ja wohl schlecht aussuchen!«

»Schon klar. Aber wenn man einen kriegt, muss man damit ja nicht unbedingt angeben, oder?«

»Finde ich auch«, pflichte ich Alina bei.

»Gut, dann behalte ich die spannenden Sachen in Zukunft eben für mich. Ihr werdet schon sehen, was ihr davon habt!«

»Ach so? Was denn?« Alina kichert hinter vorgehaltener Hand. »Noch Schlimmeres, als dass du nie wieder von deinem BH erzählst, kann ja wohl kaum passieren.«

»Püh«, macht Jette bloß eine Spur beleidigt und spielt schon einen Atemzug später ihren nächsten Trumpf aus. Der Fotograf, der von ihr Fotos machen will …

»Na? Was sagst du jetzt?« Jette grinst triumphierend.

»Wenn sich damit das Taschengeld aufbessern lässt – warum eigentlich nicht?«

»Wie – das ist alles?« Jette wirkt enttäuscht.

»Tut mir leid, aber ich find's furchtbar, fotografiert zu werden. Für mich wäre das die reinste Strafe.«

Damit ist das Thema für sie erledigt und auch Jette scheint keine große Lust mehr zu haben, noch länger über ihre anstehende Modelkarriere zu reden.

Den Rest des Nachmittags verquatschen wir einfach so. Alina erzählt, der Arzt habe ihr Sport empfohlen. Das wäre bei ihrem Diabetes nur gut, allerdings habe sie keinen Schimmer, was ihr Spaß machen könnte.

»Komm mit uns zum Ballett«, schlägt Jette vor.

»Ballett? Das ist doch gar kein Sport!«

»Aber hallo! Profitänzer leisten körperlich mehr als Profifußballer, das ist erwiesen!«

Bestimmt sagt Alina gleich, wir wären ja gar keine Profitänzer, sondern würden bloß müde durch die Gegend hoppeln, doch ihr Blick heftet sich auf den schwarzen Bildschirm, als würde sich dort irgendwas Aufregendes abspielen. Für uns ist es leider unsichtbar.

»Alina, hallo! Was ist los? Hey, lebst du noch?« Ich wedele mit meiner Hand vor ihren Augen herum.

»Hm«, macht Alina total unlebhaft. Doch statt langsam wieder aufzuwachen, scheint sie nur noch tiefer in Trance zu fallen. Dann murmelt sie: »Fußball … Fußball …«

»Fußball?«, wiederholt Jette.

»Ja! Fußball! Das ist doch ein richtig cooler Sport! Meint ihr nicht auch?«

Ich glaub, ich spinne! Die zarte, kränkelnde, immer ein bisschen wie eine durchsichtige Pusteblume wirkende Alina will auf einem Fußballplatz herumbolzen? Ausgerechnet!

Weil mir kein passender Kommentar einfällt, murmele ich nur ein paar *hms* in mich hinein. Jette ist leider nicht so diplomatisch. Sie tippt sich wie durchgedreht an die Stirn und kreischt: »Bist du noch ganz frisch? Fußball!«

»Klaro, Fußball!«, ruft Alina jetzt wie im Rausch aus. »Fußball ist supi! Denkt nur an unsere Frauen-Nationalmannschaft!«

»Da hat sie allerdings Recht«, bestätige ich, um Alina nicht gleich wieder zu entmutigen. Wenn ich ehrlich bin, habe ich gar keine rechte Meinung zu dem Thema. Ich weiß nur, dass es mir wohl keinen Spaß machen würde, über einen Rasen zu flitzen und einen Ball zu kicken. Andererseits finde ich alles gut, was Alina vom Sofa weglockt.

Später auf dem Weg zur Bushaltestelle kriegt Jette einen regelrechten Dauerkicheranfall. »Alina ist doch nicht mehr zu retten«, giggelt sie. »Fußball!«

»Wieso? Lass ihr doch das Vergnügen.«

»Kannst du dir Alina in einem Fußballdress mit Grasflecken am Hintern vorstellen?«

»Hast du nicht gesehen, wie ihre Augen geleuchtet haben? Soll sie doch Fußball spielen, wenn's ihr Spaß macht!«

»Na ja«, setzt Jette an, um dann doch bloß kleinlaut zu nicken.

Das mag ich so an meiner besten Freundin: So schrill und polternd sie manchmal auch daherkommt, wenn es angebracht ist nachzugeben, gibt sie eben nach. Ohne dass ihr dabei gleich ein Zacken aus der Krone fällt.

Nur über meine Leiche

Am nächsten Morgen sitze ich leichenblass am Küchentisch und fühle es in meinem Magen rumpeln.
»Mia, Liebes, nun iss doch etwas!«, redet Mami mit Engelszungen auf mich ein, aber ich nippe bloß an meinem Kakao und beobachte angewidert, wie Lukas und Lena ihr Müsli in sich hineinschlabbern, als gäbe es nie wieder etwas zu essen. Außerdem hat Mami gut reden. Vor neun Uhr kriegt sie selbst auch keinen Bissen runter.
»Schreibt ihr heute eine Arbeit, vor der du vielleicht Angst hast?«, will Papi, ganz der sensible Lehrer, wissen. Er ist in Dingen wie Nahrungsaufnahme eher entspannt und meint, seine Kinder sollen eben essen, wenn sie hungrig sind.
»Eigentlich nicht«, nuschele ich in meine Tasse. »Höchstens einen Englischvokabeltest. Aber der ist mir wurscht.«
»Nicht dass du krank wirst!«, jault Mami in ihrem *Ich-bin-ja-so-besorgt*-Tonfall. Total ungeschminkt sieht sie morgens immer wie ein Gespenst auf Urlaub aus. Meine

richtig echte hübsche Mami ist sie für mich immer erst später mit ein bisschen Wimperntusche und Rouge.
»Käse oder Schinken?«
»Käse und Salatblatt«, murmele ich, obwohl ich mir im Moment kaum vorstellen kann, innerhalb der nächsten Stunden überhaupt irgendetwas Essbares runterzukriegen.
»Soll ich dich gleich mit dem Auto mitnehmen?«, erkundigt sich Papi, wie üblich im Schlunzi-Look. Aber ich lehne dankend ab. Schlimm genug, dass ich als Lehrerkind manchmal schief angeguckt werde. Da wäre es das Tüpfelchen auf dem i, sich prinzessinnenhaft zur Schule kutschieren zu lassen. Lukas und Lena haben es in diesem Punkt sowieso viel besser. Lena ist noch auf der Grundschule. Lukas geht auf die Realschule. Nur ich muss meine Vormittage an demselben Ort wie mein Vater verbringen. Ein Glück bloß, dass er mir bisher im Unterricht erspart geblieben ist!
Fünf Minuten später ist es auch schon Zeit aufzubrechen. Jette wartet an der Bushaltestelle auf mich und begrüßt mich mit den liebevollen Worten: »Mann, Mia, du sieht echt gruselig aus.«
»Danke, Jette. Und du bist wieder mal so charmant!«
»Erzähl mal, was ist passiert?«
»Hallo??? Mein Tagebuch!!!«
»Ach, das hab ich schon längst wieder …«
»… vergessen. Ich weiß.«

Der heranfahrende Bus unterbricht unsere Unterhaltung für einen Moment.
»Du denkst auch immer nur an dich«, pflaume ich sie an, als wir uns in die Bank hinter dem Busfahrer quetschen. »Und an deine Modelkarriere.«
»Ja, gib's mir, Miss Butterfly!«, giftet Jette zurück.
Genervt gucke ich aus dem Fenster. Ich wünschte, ich wäre tatsächlich ein Schmetterling, dann müsste ich mich mit niemandem streiten. Nach ein paar Sekunden kommt Jettes Hand angekrabbelt.
»Tut mir leid«, sagt sie. »Aber ich verstehe nun mal nicht, wo das Problem sein soll. Du hast dein Tagebuch verloren – na und? Das ist doch pillepalle!«
Wie total pillepalle es tatsächlich ist, zeigt sich schon wenig später, als wir ins Klassenzimmer kommen. Alles grölt und gefühlte 123.999 Augenpaare heften sich gleichzeitig auf mich. Ehe ich mich versehe, huscht eine Gestalt wieselflink nach vorne, springt aufs Lehrerpult und trompetet: »Alle mal herhören!«
Es ist mein Banknachbar Kaspar. Mr Rülps. Nur dass er heute statt Jeans und T-Shirt ein weißes Hemd mit dunkler Weste trägt und eine Baskenmütze auf dem Kopf hat. Außerdem klebt ein schwarzer Schnurrbart auf seiner Oberlippe.
Und dann passiert es … Das unfassbar Schreckliche … Das, wovor ich mich die ganze Zeit so sehr gefürchtet habe! Von einem bis zum anderen Ohr grinsend zieht

Kaspar ein Buch unter seinem Hemd hervor – ein Buch mit einem gepunkteten Einband …

Das ist mein Ende.

Einer Ohnmacht nahe suche ich an Jettes Arm Halt, doch die guckt wie ein Kind beim Kasperletheater gebannt nach vorne.

»Messieurs et Mesdames!«, ruft Mr Rülps wie ein Theaterschauspieler aus. »Wie ihrrr höhhhhrt … isch bin Franzooose ... aus dem Land der Franzooosen und möchte euch, meinem sehr verehrten Publikum, seeeehrrrr gerrrn etwaaas vorleeesen.«

»Tu was, Jette! Bitte!«, zische ich meiner Freundin zu, aber bei ihr scheint es einfach nicht klick zu machen. Dabei müsste sie mein Tagebuch doch wiedererkennen!

»Werrrr hat daaas woohl geschriiieben?«, fährt Kaspar fort. »Moment, Madame … Madame …« Sein Blick schweift zu mir rüber: »Ah oui! Da ist sie ja! Madame Mia Hansen!«

Alles johlt, trampelt, klatscht und applaudiert.

Ich möchte einfach nur im Erdboden versinken. Aber dann gebe ich mir einen Ruck, drängele mich bis zum Pult vor und fahre Kaspar an: »Gib her! Das ist meins! Das ist privat!«

»Privaaat! Haha! Privaaat!«, höhnt Mr Rülps und versteckt das Buch hinter seinem Rücken.

Schon grölen Henning und Meike im Duett: »Vorlesen! Vorlesen!«

»Aberrrr naturellement, Messieurs! Alorrrs ...«

»Wehe, du tust das!«, fauche ich wie ein wild gewordener Drache, doch zu spät: Mr Rülps hat mein Tagebuch schon aufgeschlagen und liest: »Den Nachmittag mit Jette und Leonie verquatscht. Fast Streit mit Jette gehabt. Weil ...«

»Lass das!« Ich bin völlig außer mir. »Wenn du noch ein Wort vorliest ...«

»Was dann? Sagst du deinem Papi Bescheid? Und der haut mich? Uihhhh, jetzt hab ich aber Angst!«

Mr Rülps lacht scheppernd. Irgendetwas donnert gegen meinen Kopf, vielleicht ein Papierkügelchen, dann steht Jette wie hergezaubert neben mir und sagt mit gebirgsbachklarer Stimme: »Hör auf, Kaspar, das ist überhaupt nicht lustig. Tagebücher sind Privatsache.«

»Selbst schuld, wenn man sein Zeug einfach so rumliegen lässt.« Er grinst schief.

Inga drängelt sich nach vorne: »Hey, wieso hast du dich eigentlich verkleidet? Und was soll das mit dem Bart?«

»Das isch diiir kann gerrrne sagen.« Kaspar presst seinen Daumen auf den Schnauzbart, der abzugehen droht, dann liest er, von einigen Glucksern unterbrochen, weiter: »Was ich alles mal tun möchte: 1. Auf einem Schimmel durch die Camargue reiten. 2. Ein kombiniertes Spaghetti-Schaumkuss-Wettessen veranstalten. 3. Einen supersüßen Franzosen k...«

Das reicht! Blind vor Wut klettere ich auf das Lehrerpult

und reiße Kaspar gerade noch rechtzeitig mein Tagebuch aus der Hand. Zu guter Letzt fege ich ihm auch noch die Baskenmütze vom Kopf.
Rufe schwirren durch die Luft: »Bravo, Mia!« – »Buh!« – »Das geht aber ab hier!«, bevor es mit einem Mal totenstill wird.
Mein Blick flitzt zur Tür, wo unser Geschichtslehrer Herr Pausewang mit versteinerter Miene im Türrahmen lehnt. Keine Ahnung, wie lange er dort schon gestanden hat.
»Guten Morgen, die Damen und Herren«, löst er sich jetzt aus seiner Reptilienstarre. »Dürfte ich freundlicherweise erfahren, was hier eigentlich los ist? Und wie ihr dazu kommt, auf meinem Pult herumzuturnen?« Ich kenne diese Ruhe-vor-dem-Sturm-Stimme. Meistens fällt das Donnerwetter danach umso heftiger aus.
Kaspar hat aus meinem Tagebuch vorgelesen, würde ich am liebsten rufen, doch da ich weiß, dass petzen nie gut ankommt, halte ich besser meinen Mund und klettere schnell vom Pult. Kaspar springt auf der anderen Seite runter. Auch ihm hat es offenbar die Sprache verschlagen.
»Also gut. Da ihr nicht reden wollt, bekommt ihr eben alle beide einen Tadel ins Klassenbuch.«
»Aber ich bin unschuldig!«, wehre ich mich nun doch. »Kaspar stand schon …«
»Mia, ich will jetzt nichts mehr hören.« Pausewangs Kopf

ist so rot wie eine Ketchupflasche. »Und wischt bitte das Pult ab. Aber zacki!«
Mir kommen fast die Tränen, als ich neben Kaspar am Waschbecken stehe, um Papier nass zu machen. Allein die Vorstellung, dass dieser Riesentrottel meine geheimsten Gedanken kennt und sie auch noch herumerzählen könnte, ist so schrecklich, dass ich mich kurz am Waschbecken festhalten muss.
»Nun lach mal wieder«, nuschelt Kaspar, wohl in einem Anflug von schlechtem Gewissen. Zum Glück rülpst er mir wenigstens nicht ins Ohr. »Sollte doch bloß ein Spaß sein.«
»Toller Spaß!« Ich funkele ihn böse an, dann säubere ich den Tisch, ohne ihn eines Blickes zu würdigen.

Der Unterricht rauscht in dieser Stunde an mir vorbei. Ich sitze einfach nur da und kritzele Schmetterlinge in mein Heft. Als mich das Klingelzeichen eine Dreiviertelstunde später erlöst, kann ich mich gerade noch daran erinnern, dass es irgendwie um das Weltreich Alexander des Großen ging. Alles andere ist wie ausgelöscht. Nur meine Wut brodelt noch genauso heftig wie vor 45 Minuten.
»Du bist der affigste Blödmann, den die Welt je gesehen hat!«, zische ich Kaspar zu, als ich, mein Schulbrot unter die Achsel geklemmt, den Klassenraum verlasse. Ich

hoffe, ich klinge nicht nur wie eine Giftschlange, sondern sehe auch so aus. Bedrohlich und gefährlich. So als solle man es bloß nicht wagen, sich mit mir anzulegen.
Jette, Leonie und Alina warten an den Schaukästen mit den ausgestopften Raubvögeln auf mich.
»Interessant, interessant«, sagt Jette mit säuerlichem Zug um den Mund.
»Was meinst du?«
»Dass du auch unseren Zoff aufschreibst!«
»Ein Tagebuch ist ja wohl dazu da, sich seinen Kummer von der Seele zu schreiben. Übrigens vielen Dank, dass du mir vorhin geholfen hast.«
Jette nickt knapp und mustert mich mit zusammengepressten Lippen. So als hätte ich plötzlich einen eitrigen Pickel auf der Stirn. »Und was hast du sonst so über mich geschrieben?«, erkundigt sie sich.
»Gar nichts weiter«, sage ich und tue, als würde mich das Gefieder des ausgestopften Falken brennend interessieren. »Jedenfalls nichts Schlimmes.«
»Du lügst.«
»Nun mach aber mal einen Punkt! Es geht dich gar nichts an, was alles so in meinem Tagebuch steht!«
»Mia hat Recht«, schaltet sich Alina ein. »Tagebücher sind Privatsache. Außerdem ... Wenn du eins hättest, würdest du dich doch bestimmt auch über uns auslassen.«
Ich werfe Alina einen dankbaren Blick zu, und als auch noch Leonie meint, sie würde das ganz genauso sehen,

gibt Jette endlich Ruhe und wickelt, schon wieder etwas besänftigt, ihr Käsebrot aus.
»Nur eins verstehe ich nicht ...« Alina knabbert gedankenverloren auf einer Mohrrübe herum. »Wieso hat sich Kaspar eigentlich diesen albernen Bart angeklebt und mit französischem Akzent gesprochen?«
»Ja, eben! Was sollte das?«, fragt Jette.
Auch Leonie mustert mich neugierig, bevor sie sich das letzte Stück ihrer Banane in den Mund steckt.
»Also gut«, stöhne ich. »Ich hab geschrieben, dass ich gerne mal einen Franzosen küssen möchte. Deswegen hat er sich so albern verkleidet.«
Alina kichert. »Im Ernst? Du willst wirklich einen Franzosen küssen?«
»Ach, keine Ahnung«, sage ich mit Blick auf den Falken. »Vielleicht ja, vielleicht nein.«
»Aber wenn ja, warum denn ausgerechnet einen Franzosen?«
»Weil das auf jeden Fall romantischer ist als mit einem aus unserer Klasse, oder?«
»Da hat sie Recht«, bestätigt Jette und ruckelt mit der freien Hand ihre Brille zurecht. »Kaspar will man ja nun wirklich nicht küssen. Die anderen Pappnasen auch nicht. Aber ob es ausgerechnet ein Franzose sein muss ...« Sie zuckt mit den Achseln. »Das Wichtigste ist doch, dass derjenige schon älter ist und richtig gut mit Zunge küssen kann.«

»Igitt, du bist eklig!«, ruft Leonie angewidert aus und schleudert ihre Bananenschale im hohen Bogen in den Mülleimer. »Ich esse gerade und du redest von Zungenküssen!«
Jette kann sich ein Grinsen nicht verkneifen. »Schon klar. Du wirst nie im Leben jemanden mit Zunge küssen. Allein wegen der vielen Bazillen.«
»Eben. Und wegen der Spucke«, ergänzt Leonie und wickelt sich ihren köterbeigen Zopf um den Zeigefinger.
»In der sich ja die Bazillen befinden«, stellt Alina fest, als habe sie den Geistesblitz des Jahrhunderts.
»Warum gehst du eigentlich nicht gleich ins Kloster?«, will Jette wissen und kichert los. »Wozu erst Mathe und den ganzen Kram lernen? Bis ans Lebensende Rosenkränze beten, das ist bestimmt megaprickelnd.«
»Blöde!« Leonie rollt mit den Augen. »Nur weil ich nicht die Bazillen und Viren von irgendeinem Typen im Mund haben will, muss ich ja wohl noch lange nicht ins Kloster gehen.«
»Da ist aber garantiert kussfreie Zone. Keine Küsse – keine Ekelgefühle! Denk mal drüber nach.« Jette kann sich vor lauter Lachen kaum noch halten und auch Alina gackert los.
Ich nutze das alberne Geplänkel und verziehe mich aufs Klo. Kurz vor Ende der großen Pause herrscht dort immer ein Riesenandrang. Als würde allen Schülerinnen auf den letzten Drücker einfallen, dass sie mal müssen. Doch

ich habe Glück und erwische eine freie Kabine. Klack, Tür zu, dann lasse ich mich auf die Brille sinken, ohne wie sonst erst Papier drunterzulegen. Ich bin einfach nur fix und fertig. Bei dem Gedanken daran, gleich wieder neben Kaspar sitzen zu müssen, wird mir schwummerig. Ich kann nicht mehr! Ich will nicht mehr! Und ich weiß, dass es nur eine Lösung gibt: Ich muss mich umsetzen.
Dummerweise ist nur noch ein einziger Platz in der ersten Reihe neben Superstreberin Christi frei. Somit wäre ich zwar ziemlich weit von dem rülpsenden Blödian entfernt, allerdings könnte ich dann nicht mehr mit Jette, Alina und Leonie quatschen, die sich auf die letzten beiden Reihen verteilt haben.
Trotzdem fange ich unsere Klassenlehrerin Frau Müller-Stegemann kurz vor der Doppelstunde auf dem Gang ab.
»Willst du nicht reingehen?« Sie macht eine aufmunternde Geste.
»Frau Müller-Stegemann?«, beginne ich und weiß auf einmal nicht mehr weiter.
»Was gibt's, Mia?«
»Ich würde gerne … Also, was ich fragen wollte …«, stammele ich, als wäre ich ein bisschen plemplem. »Darf ich mich neben Christi in die erste Reihe setzen?«
»Neben Christi?« Frau Müller-Stegemans Augen werden groß wie Pingpong-Bälle. Ganz bestimmt wundert sie sich, weil ich seit Menschengedenken in der Nähe meiner

Freundinnen sitze. Und weil Christi niemand so recht leiden kann.
»Aber warum denn?«
»Kaspar!«, stoße ich mit letzter Kraft hervor. »Wir kommen einfach nicht miteinander klar. «
Frau Müller-Stegemann nickt und schweigt. Dann greift sie sich in ihre rotblonden Locken, knetet sie ein bisschen und sagt: »Schade. Ich dachte, Kaspar würde dein Einfluss guttun, aber wenn dem nicht so ist …«
Ich schüttele so heftig den Kopf, dass sich meine Schmetterlingsspange löst und zu Boden fällt. Schnell bücke ich mich nach ihr und befestige sie wieder im Haar.
»Offen gestanden wäre es mir ja am liebsten«, fährt Frau Müller-Stegemann fort, »du würdest auf deinem alten Platz bleiben und Kaspar setzt sich neben Christi in die erste Reihe.«
Ich muss lachen. Mr Rülps neben der Strebermaus Christi. Genauso gut könnte man den Teufel und den lieben Gott zusammen Weihnachten feiern lassen.
»Ich sehe schon, das ist keine gute Idee.« Frau Müller-Stegemann schiebt mich sanft in die Klasse. »Also gut, Mia. Dann hol rasch deine Sachen.«
Alles starrt mich an, als ich meinen Ranzen packe und nach vorne in die erste Reihe wechsele. Allen voran Jette, Alina und Leonie. So als wäre ich plötzlich nackt und hätte einen grünen Gummifrosch mit eingebautem Blinklicht auf dem Kopf.

»Warum darf Mia sich umsetzen?«, nörgelt Inga. Aus unerfindlichen Gründen scheint ihr ihr Platz rechts außen in der zweiten Reihe plötzlich nicht mehr zu behagen.
»Du kannst dich auch gerne neben Kaspar setzen, und Mia geht auf deinen Platz«, schlägt Frau Müller-Stegemann vor, doch Inga winkt sofort ab und versteckt sich hinter ihrem Deutschbuch. Logisch! Wer will schon den Großteil des Tages neben Mr Rülps verbringen? Niemand, der halbwegs bei Verstand ist.
In der ersten Deutschstunde nehmen wir Kommaregeln durch. Die kleine Pause nutze ich, um meinen Freundinnen zu erklären, warum ich nicht länger neben ihnen sitzen kann. Sie nehmen es mir nicht krumm, zum Glück. Nur Jette rollt ein bisschen mit den Augen.
In der zweiten Stunde wird ein Probediktat geschrieben. Auch wenn es ein bisschen komisch ist, so weit vorne zu sitzen und ein Mädchen neben sich zu haben, das sich unentwegt weit über den Tisch beugt und mit den Fingern schnippt, um drangenommen zu werden, fühle ich mich wie von einer zentnerschweren Last befreit. Kein Gekippel und Gerülpse mehr, kein herumalbernder Blödkopf, der mir ständig seinen Ellbogen in die Seite rammt. Es fühlt sich himmlisch an, einfach höllisch gut!
Fast schon wieder gut gelaunt packe ich nach der vierten Stunde meine Sachen zusammen – wir haben nur noch zwei Stunden Sport –, aber wenige Meter vor unserem Klassenraum lauert mir Kaspar auf.

»Kommst du mal kurz?«, säuselt er.
»Wieso, wohin?«, stelle ich mich doof.
Mr Rülps flitzt in die Nische zwischen Musiksaal und Biotrakt. Ohne es eigentlich zu wollen, dackele ich ihm hinterher.
»Na?«, frage ich. »Willst du noch mal mein Tagebuch klauen? Oder mir sagen, wie klasse du es findest, dass ich mich weggesetzt habe?«
»Ist mir doch wurscht, wo du sitzt.« Er rülpst leise, hält sich dabei aber wenigstens die Hand vor den Mund.
»Prima. Vorne ist es übrigens richtig toll. Keiner, der nervt. Also, was gibt's?«
Kaspar scharrt nervös mit dem Fuß.
»Nur damit du's weißt«, erklärt er und legt eine ultrawichtige Miene auf. »Ich hab dein ganzes Tagebuch von A bis Z gelesen.«
»Und? Hat's Spaß gemacht?« Obwohl schon wieder alles in mir kocht, versuche ich mich lässig zu geben.
»Oh ja ... Echt verschärft. Besonders dein Geläster«, grinst er.
Ich starre ihn an. Private Gedanken sind kein Geläster! Das müsste selbst der größte Dummkopf wissen. Aber wozu soll ich mir erst die Mühe machen, es ihm zu erklären? Er würde es sowieso nicht kapieren.
»Übrigens ... Das mit dem Franzosen«, sagt er so ganz nebenbei. »Ich glaube, meine Freunde hätten auch Lust drauf, sich mal wieder so richtig scheckig zu lachen.«

»Wehe, du sagst ihnen was!«
»Verbieten kannst du's mir aber auch nicht.«
»Wieso bist du eigentlich so gemein zu mir?«
»Du weißt es nicht?«
Ich zucke die Achseln. Keine Ahnung, wovon Mr Rülps redet.
»Dann denk mal scharf nach.«
Blödmann. Wahrscheinlich sagt er das einfach, um mich nur noch mehr auf die Palme zu bringen. Das muss ich mir echt nicht bieten lassen.
»Okay, dann tschüss.«
»Hey, wart mal!« Kaspar packt mich am Ärmel. »Das, was du über Jette, Leonie und Alina schreibst«, fährt er grinsend fort. »Sie würden sich bestimmt riesig freuen, wenn sie wüssten, wie du wirklich über sie denkst.«
Langsam fällt bei mir der Groschen. Kaspar ist dabei, mich zu erpressen!
»Okay, wie viel willst du?« Ich krame in meiner Hosentasche und kratze ein paar Münzen zusammen.
»Kein Geld.«
»Was willst du denn?«
Es klingelt zur Stunde. Wir müssen uns beeilen, damit wir nicht zu spät zum Sportunterricht kommen.
»Dass du dich entschuldigst.« Er sieht mich an und wirkt einen Moment lang wirklich verletzt. »Von wegen … dass ich 24 Stunden am Tag rülpse … Nimmst du das zurück?«

Nein, denke ich. Kaspar rülpst 24 Stunden am Tag – dass er es im Moment nicht tut, ist reiner Zufall.
»Warum hast du das geschrieben?«
»War doch nur für mich«, nuschele ich und starre auf meine Turnschuhe. »Selbst schuld, wenn man in fremden Tagebüchern schnüffelt.«
»Also entschuldigst du dich nun oder nicht?«
»'tschuldigung«, murmele ich gerade mal so laut, dass Kaspar es hören kann, allerdings auch so leise, dass ich es vor mir selbst als nicht gesagt verbuche.
»Reicht nicht.«
»'tschuldigung«, wiederhole ich lauter.
»Reicht immer noch nicht.«
»Mann! Was denn noch?«
Kaspar deutet auf seinen Mund und nuschelt, als hätte er keine Zähne mehr im Mund: »Nkussichwillnkuss.«
»Ich dich küssen?«, kreische ich. »Nur über meine Leiche!«
In der nächsten Sekunde schultere ich meinen Turnbeutel und mache auf dem Absatz kehrt. Nur wie durch Nebel höre ich, dass er hinter mir her schimpft. Was er genau sagt, kann ich nicht verstehen. Es klingt wie »Kristenblehn daste hast« – und alles andere als nett.

Kristenblehn daste hast?

Am Nachmittag trommele ich meine Freundinnen zu einer Krisensitzung zusammen. Da man schon ein bisschen den Frühling erschnuppern kann, treffen wir uns draußen am Weiher. Das ist ein Glück, weil meine kleine Schwester so nicht lauschen kann. Oft beschwert sie sich nämlich, dass sie sich gar nicht auf ihre Hausaufgaben konzentrieren kann, schlimmstenfalls geht sie aber auch zu Mami und petzt, was wir gerade geredet haben.

Mit Bionaden bewaffnet, die uns Omi Olga spendiert hat, quetschen wir uns zu viert auf eine Bank und halten unsere Nasen in den lauen Wind. Jette habe ich schon auf dem Weg hierher von dem Vorfall mit Mr Rülps erzählt, die anderen beiden müssen erst auf den neuesten Stand gebracht werden.

»Kristenblehn daste hast«, murmelt Leonie und zieht einen Knutschmund. »Was könnte das bloß heißen?«

»Keine Ahnung. Vielleicht hat er auch Wistenscheen in den Knast gesagt. Oder was ganz anderes.«

Jette prustet los und meint, wahrscheinlich spreche Kaspar neuerdings eine Geheimsprache, doch dann hat

Alina die Erleuchtung: »Wirst schon sehen, was du davon hast! Das wird's sein, oder?«

»Na, toll«, erwidere ich mutlos. »Kristenblehn oder Wistenscheen wäre mir eindeutig lieber gewesen.«

»So ein Blödmann!«, schimpft Leonie. »Kein Wunder, dass niemand neben ihm sitzen will.«

»Wahrscheinlich ist er einfach nur stinksauer.« Alina zupft an ihren dünnen Zöpfchen. »Wer will schon über sich lesen, dass er 24 Stunden am Tag aufstößt?«

»Rülpst!«

»Das ist doch dasselbe.«

Meine Freundinnen stimmen einen Kicher-Kanon an.

»Aber wenn es nun mal stimmt!«, stoße ich so laut hervor, dass ein paar Gänse erschreckt aufflattern. Wahrscheinlich flüchten sie sich jetzt nach Sibirien. Wegen einer völlig überdrehten Schülerin mit Schmetterlingsspange im Haar.

»Ich hab's dir ja schon mal gesagt«, entgegnet Jette. »Ich glaube, Kaspar rülpst auch nicht mehr als andere.«

»Nicht mehr als andere?« Eine Ente watschelt aufgeregt an mir vorbei. Bestimmt schließt sie sich gleich den flüchtenden Gänsen an.

»Finde ich eigentlich auch«, bekräftigt Alina, und bevor ich mich darüber auslassen kann, dass die beiden sehr wahrscheinlich einen Hörschaden haben, wirft Leonie ein, dass Kaspar in ihrer Anwesenheit nur ein- oder zweimal ein leises Bäuerchen gemacht hätte.

Meine drei Freundinnen starren mich an. Ich starre auf eine kleine Pfütze direkt zu meinen Füßen. Die kleine Pfütze starrt düster zurück.
»Vielleicht bildest du dir das nur ein, weil du ihn nicht ausstehen kannst«, sucht Alina nach einer Erklärung.
»Oder weil du heimlich in ihn verknallt bist!« Jette wiehert wie ein Pferd.
»Das wüsste ich aber! Ich und in Kaspar verknallt! Da stehe ich ja noch eher auf die Mathe-Triefnase!«
Eine Weile nuckeln wir gedankenverloren an unseren Strohhalmen. Nachdem zwei Frauen mit ihren Buggys vorüber sind, stöhne ich: »Mist, was soll ich jetzt bloß machen?«
Jette ruckelt ihre Brille zurecht. Das tut sie immer, wenn sie meint, etwas ganz besonders Schlaues von sich zu geben. »Kaspar küssen«, sagt sie mit Nachdruck. »Damit wäre die Sache ein für alle Mal vom Tisch.«
»Igitt, wie eklig!«, stöhne ich. »Das kann und will ich nicht!«
»Herrje, du sollst ihm doch nicht deine Zunge in den Hals schieben! Ein kleiner Schmatzer auf den Mund reicht.«
»Meinst du etwa auch, ich soll das machen?«, befrage ich Alina. Was Leonie darüber denkt, ist sowieso klar wie Kloßbrühe.
Alina überlegt eine Weile, dann schüttelt sie den Kopf. »Das ist Erpressung, Mia! Und wenn du einmal nachgibst, weißt du nicht, was als Nächstes kommt. Vielleicht will

Kaspar dann plötzlich deine Unterhose sehen oder er verlangt, dass du ihm Ferien auf Hawaii spendierst …«

»Ich hab's!« Jette springt so ruckartig auf, dass ein bisschen Limo aus ihrer Flasche schwappt. Doch statt weiterzureden, steht sie bloß da und grinst die Luft an.

»Ja, was?«, drängele ich. Im Grunde meines Herzens hoffe ich, Jette wird gleich vorschlagen, Mr Rülps zu einem quadratischen Paket zu verschnüren und ihn zum Jupiter zu schießen. Stattdessen verkündet sie so wichtigtuerisch, als habe sie gerade eine neue mathematische Formel erfunden: »Du musst ihn küssen.«

»Mensch, Jette! Das hast du doch eben schon gesagt.«

»Du sollst ihn ja auch nicht irgendwie irgendwo küssen«, unterbricht sie mich. »Du küsst ihn vor der ganzen Klasse!«

»Spinnst du? Grausamer geht's ja wohl nicht.«

»Überleg doch mal!« Sie wedelt begeistert mit ihrer Flasche. »Für ihn wird es grausam sein! Grausam peinlich! Und als Krönung könntest du noch was ganz Gemeines sagen.«

»Und was zum Beispiel?«, hake ich wenig begeistert nach.

»Keine Ahnung … Wie wär's mit: Kaspar küsst kacke?«

»Kaspar küsst kacke!«, rege ich mich auf. »Du hast sie ja wohl nicht mehr alle!« Völlig geschwächt rutsche ich von der Bank runter. Kurz bevor ich mit dem Hintern in den Matsch plumpse, rettet mich Leonie netterweise, indem sie mich am Arm festhält.

»Also, ich finde Jettes Idee gar nicht mal so dumm«, gesteht sie. Hallo? Was ist denn bloß in Leonie gefahren?

»Das dürfte ihm eine Lehre sein«, fährt sie fort. »Fremde Tagebücher wird er jedenfalls nicht mehr anrühren.«

»Und wenn er das alles gar nicht kapiert und sich eher geschmeichelt fühlt?«, wende ich mit einem dumpfen Gefühl in der Magengrube ein.

»Keine Sorge, das wird schon nicht passieren«, sagt Jette im Brustton der Überzeugung.

»Woher willst du das so genau wissen?«

»Weil ihn garantiert alle auslachen werden. Besonders die Jungs. Und du stehst dann als Heldin da.«

Natürlich wäre es schön, wenn mich mal jemand – egal wofür – bewundern würde. Das Problem an der Sache ist nur, dass ich es nicht besonders prickelnd finde, Jungs aus meiner Klasse auf den Mund zu küssen. Auch wenn ich sonst kein Angsthase bin.

»Also, machst du's jetzt oder nicht?«, drängelt Jette.

»Ich weiß nicht … Also ehrlich gesagt … Ich kann gar nicht küssen!«

Jette grinst mit Strichmännchenmund. »Okay, du hast noch nicht die halbe Schule geküsst und auch keine Popstars, aber was ist mit deinen Eltern, Geschwistern, Omis, Tanten und Stofftieren?«

»Die küsse ich sonst wohin, aber doch nicht auf den Mund!«

»Dann musst du eben üben.«
»Vergiss es. Ich küsse dich nicht!«
»Glaubst du etwa, *ich* will dich küssen?«, schnaubt Jette und lässt ihr blondes Haar flattern. »Du übst am besten …«, ihr Blick schweift eine Weile umher, »an deiner Limo! Stell dir vor, das Gesicht ist die Flasche und das Schild der Mund.«
Leonie scheint die Generalprobe total lustig zu finden, zumindest kichert sie wie meine kleine Schwester und beginnt schmatzend ihre Flasche abzuküssen.
»Wenn du so drauf stehst, küss du ihn doch!«, fahre ich sie an.
»Ich? Igitt! Bloß nicht!«
»Dann hör auf mit dem Quatsch. Ihr seid echt kindisch!«
»Wir wollen dir ja nur helfen«, erklärt Jette. »Aber wenn du meinst, dass du das allein hinkriegst, nur zu.«
Der Nachmittag ist für mich gelaufen. Enten, laues Lüftchen, Bionade trinken, quatschen – nichts macht mir mehr Spaß.

Zu Hause treffe ich bloß Mami an, die sich gerade einen Tee kocht und auf ihren nächsten Kunden wartet. Papi ist beim Eishockeytraining, Lukas beim Handballtraining und Lena treibt sich bei einer Freundin herum.
»Magst du auch einen Tee?«, fragt Mami.

»Ja, gerne.« Mit viel Zucker kriege ich ihr Gebräu vielleicht runter.
»Und? Wo hast du gesteckt?«
»Am Weiher. Mit Alina, Jette und Leonie.«
»Oh, wie schön! Den Frühling begrüßen!«
»Mhm«, mache ich nur, woraufhin mich Mami stirnrunzelnd ansieht.
»Sag mal, ist irgendwas?« Sie stellt mir einen Becher mit Tee hin.
»Nö.«
»Komm schon, Mia. Ich seh's dir doch an der Nasenspitze an!«
»Also gut«, seufze ich. Doch bevor ich auch nur meinen Mund aufmachen kann, um ihr die schreckliche Mr Rülps-Geschichte zu erzählen, klingelt es.
»Tut mir leid, Liebes, das wird Herr Albers sein. Wir reden später, ja?«
Im nächsten Moment ist Mami draußen. Tatsache ist, ich stecke dick in der Tinte. Und daran wird auch Mami nichts ändern können. Egal, ob ich ihr später alles erzähle oder nicht.
Ein paar weltuntergangsmäßige Gedanken später raffe ich mich auf und gehe in mein Zimmer. Mein gepunktetes Tagebuch habe ich zur Tarnung mit einem schlammbraunen Buchumschlag versehen und im Bücherregal bei meinen Lieblingsbüchern einsortiert. Sicherheitshalber. Nicht dass ich Mami und Papi zutraue, darin herumzu-

schnüffeln. Bei meiner süßen kleinen Schwester bin ich mir da allerdings nicht so sicher.
Gemütlich in mein Bett gekuschelt schreibe ich:

Was in letzter Zeit alles passiert ist:
Der horrorartigste Albtraum meines Lebens ist passiert! Du warst weg, liebes Tagebuch, aber was erzähle ich Dir! Bestimmt kannst Du Dich an Mr Rülps' schmierige Pfoten erinnern, die an Dir herumgegrabscht haben.
Was soll ich nur tun? Findest Du auch, dass ich diesen Blödmann zur Belohnung auch noch küssen soll? Ich meine

Genau in dieser Sekunde platzt Papi in mein Zimmer. Blitzschnell klappe ich mein Tagebuch zu und breite das Erdkundebuch darüber aus.
»Wie wär's mal mit Anklopfen!«, fauche ich heiser wie ein böser Drache.
»Tut mir leid, ich hab geklopft. Sogar zweimal.«
Papi kommt näher. Er trägt noch seine Sportsachen und sieht völlig verschwitzt aus.
»Du musst dein Tagebuch nicht vor mir verstecken«, sagt er lächelnd.
»Woher weißt du, dass ich in mein Tagebuch geschrieben habe?«, frage ich misstrauisch.
»Ach, Kleines.« Er tätschelt mir den Kopf, wobei meine Schmetterlingsspange verrutscht. »Ich erinnere mich

noch allzu gut daran, was ich damals alles angestellt habe, nur damit meine Eltern nicht meine Tagebucheintragungen lesen. Und sie haben es getan, da bin ich mir ganz sicher.«

»Du hast Tagebuch geschrieben? Ich dachte, das machen nur Mädchen!«

»Und Jungs, die jede Menge Probleme am Hals haben, sich aber zu cool finden, um sich ihren Freunden anzuvertrauen. Außerdem darfst du nicht vergessen: Damals gab es noch keinen Computer, keine Playstation, keine Videospiele.«

Da hat Papi Recht. Vielleicht schreibe ich ja auch nur deshalb ganz altmodisch Tagebuch, weil ich mir nichts aus all dem Technikkram mache. Viel lieber mag ich den Geruch von Papier und das Kratzen meines Füllers auf den Seiten. Auch wenn es ein bisschen peinlich ist: Ich habe nicht mal eine eigene E-Mail-Adresse.

Papi lässt sich mit einer Pobacke auf meinem Schreibtisch nieder. Hoffentlich will er hier nicht überwintern.

»Wie wär's mal mit Duschen?« Ich halte mir demonstrativ die Nase zu.

»Gleich, Kleines. Erträgst du es noch eine Minute mit einem verschwitzten Sportsmann?«

Ich nicke.

»Im Lehrerzimmer hat man sich heute erzählt, dass du einen Tadel bekommen hast«, sagt er wie aus heiterem Himmel.

Ich stöhne genervt auf. Herr Pausewang ist ja wohl schlimmer als jede Tratschtante!

»Was war denn da los?«

»Willst du's wirklich wissen?«

»Natürlich! Ich geh sowieso davon aus, dass du unschuldig bist.«

»Danke«, seufze ich erleichtert. Immerhin einer, der mir ohne Wenn und Aber vertraut. So muss ich mich nicht mal groß überwinden, Papi die ganze Geschichte von A bis Z zu erzählen. Wie Mr Rülps aus meinem Tagebuch vorgelesen hat und dass mir gar nichts anderes übrig geblieben ist, als ebenfalls aufs Lehrerpult zu klettern, um mir zurückzuholen, was mir gehört. Nur Jettes Kuss-Ratschlag lasse ich weg. So wie ich Papi einschätze, ist er alles andere als ein Kussexperte.

»Hm«, macht er und krault seinen Bart. »Das ist wirklich ungerecht. Soll ich mal mit dem Kollegen Pausewang reden, damit er den Eintrag wieder streicht?«

»Bloß nicht! Dann bin ich am Ende doch wieder das bevorzugte Lehrertöchterchen.«

»Okay, okay«, beschwichtigt er, gleichzeitig wird sein Bartkraulen immer wilder. Nachdenklich sagt er dann: »Ich wundere mich wirklich, wie manche Lehrer ihren Beruf ausüben …«

»Wie meinst du das?«

»Ach egal«, winkt er ab, »ich gehe jetzt duschen.« Und weg ist er. Kaum bin ich allein, schreibe ich weiter:

Tut mir leid, liebes Tagebuch, aber jetzt habe ich doch glatt vergessen, was ich eben noch notieren wollte. Hm … Was war das noch gleich Weltbewegendes?

Verzagt kaue ich an meinem Stift. Eine unschöne Angewohnheit, und wahrscheinlich werde ich dafür auch eines Tages mit Zahnausfall bestraft. Das Telefon reißt mich bloß einen Atemzug später aus meinen Gedanken.

»Papi, gehst du ran?!«, rufe ich.

Keine Antwort. Das Telefon plärrt, jammert und tönt so laut, dass ich mich erbarme und zur Basisstation ins Wohnzimmer sprinte.

»Mia Hansen?«, hechele ich in den Hörer.

»Mia, halt dich fest!« Es ist Jette. Ihre Stimme klingt wie Sirenengeheul. »Stell dir bloß vor, was passiert ist!«

»Soll ich mich zuerst irgendwo festhalten und mir dann vorstellen, was passiert ist? Oder umgekehrt?«, necke ich sie und lasse mich aufs Sofa plumpsen. Einleitungen wie diese enden meistens mit Sätzen wie: »Du, ich hab in der Stadt einen supersüßen Glitzerglimmernagellack gesehen!« Oder: »Der Eisverkäufer bei *Don Giovanni* hat mir vorhin zugezwinkert!« Oder: »Angeblich gibt es neue Kontaktlinsen, die aus blauen Traumaugen megablaue Megatraumaugen machen!«

»Du bist doof«, mault Jette. »Kannst einem aber auch jeden Spaß verderben.«

»Okay. Schieß los.« Auch wenn bei uns Füße auf dem

Tisch strengstens verboten sind, stelle ich sie jetzt an der Kante der Teakholzplatte ab. Schließlich ist niemand da, der es sehen kann.

»Albert-Mario von Greifenberg«, tönt es durch die Leitung.

»Das ist doch der Fotograf, oder?«

»Genau. Und er hat mich angerufen!« Jettes Stimme fängt schon wieder gefährlich an zu kieksen.

»Wie – er hat dich angerufen?«, hake ich nach. »Woher hat er deine Nummer?«

»Von mir.«

»Du gibst fremden Männern deine Telefonnummer? Bist du eigentlich noch ganz frisch?«

Eine Weile ist es still, dann erkundigt sich Jette, was denn so schlimm daran wäre. Schließlich habe sie dem Mann weder ihre Adresse verraten noch den Ort, wo ihre Mutter den Familienschmuck aufbewahren würde.

»Weil ... das macht man einfach nicht!«, ächze ich. »Außerdem hast du doch seine schmuddelige Visitenkarte.«

»Die ist nicht schmuddelig.«

»Aber versifft.«

Jette grunzt bloß, dann fährt sie fort: »Er will Probeaufnahmen von mir machen.«

»Probeaufnahmen?«, frage ich nach, als wäre ich komplett begriffsstutzig.

»Ja, Probeaufnahmen!« Jetzt ist Jette genervt. Das merke ich genau an ihrem Tonfall.

»Wann?«
»Leider erst in zwei Wochen. Vorher hat er noch ein Shooting in … in … Honolulu, glaub ich.«
»Honolulu?«
»Musst du eigentlich immer alles wiederholen?«, faucht Jette.
»Ja, muss ich. Damit ich sicher bin, dass ich auch alles richtig verstehe.«
»Herrje, Mia! Wie soll das erst werden, wenn wir 80 sind! Dann muss ich wohl alles siebentausenddreihundert-vierundsiebzig Mal wiederholen.«
»Ja, dann musst du wohl alles siebentausenddreihundert-vierundsiebzig Mal wiederholen«, wiederhole ich.
»Du nervst!«
»Und wo will der Greifenzahn die Fotos von dir machen?«, nehme ich das Gespräch wieder auf.
»Greifenberg. Er heißt Greifenberg. Und das Shooting findet in seiner Wohnung statt. Er hat dort ein richtiges Studio.«
»Wo ist das genau?«
»Keine Ahnung. Das wird er mir schon noch rechtzeitig sagen.«
Um besser nachdenken zu können, wackele ich mit den Zehen. Laut Mama fließt so die Energie besser. Die brauche ich jetzt dringend.
»Hat er nach der Einverständniserklärung deiner Eltern gefragt?«

»Bitte, was?«
»Tu nicht so blöd. Du weißt genau, was ich meine!«
Ein Grunzer wie von einem brünstigen Wildschwein bringt fast mein Trommelfell zum Platzen. »Solange ich noch nicht als Model durch die Weltgeschichte düse, müssen mir meine Eltern ganz bestimmt nicht so einen Wisch geben!«, kläfft Jette.
»Müssen sie wohl!«
»Aber sie kriegen doch sowieso nicht mit, wo ich mich nachmittags rumtreibe.«
Da hat Jette allerdings Recht. Ihre Eltern sind Besitzer einer Apotheke in Altona und arbeiten rund um die Uhr. Wahrscheinlich würden sie es nicht mal merken, wenn Jette halb verhungert auf dem Küchenboden liegen und nach Luft schnappen würde. Vielleicht habe ich es da mit meiner stinknormalen Horrorfamilie doch ein bisschen besser getroffen. Zumal sich Mami und Papi (wenn überhaupt) nur über Pillepallekram streiten und nicht wie Jettes Eltern schon kurz vor der Scheidung stehen. Arme Jette.
»Also gut«, lenke ich ein, weil ich Sturkopf Jette sowieso nicht von ihren Plänen abbringen werde. Der liebe Gott hat sie nämlich nach dem Strickmuster *Immer mit dem Kopf durch die Wand* erschaffen. »Mach, was du willst, aber sag später nicht, ich hätte dich nicht gewarnt.«
»Du kannst ja mitkommen und auf mich aufpassen«, schlägt sie leise vor.

»Nie im Leben! Ich gehe doch nicht zu schmierigen Kerlen in die Wohnung.«
»Albert-Mario von Greifenberg ist kein schmieriger Kerl!«
»Wer so heißt, kann aber nur schmierig sein!«
»Manno, er ist ein Künstler!«
Bevor sich unser Streit noch weiter hochschaukelt, würge ich meine Freundin ab, indem ich die Hausaufgaben vorschiebe. Mit Jette streiten geht mir immer total an die Nieren. Dann lege ich auf.
»... bis zum nächsten Mal, Herr Albers«, dringt Mamis Stimme durch die bloß angelehnte Wohnzimmertür.
»Spätestens in vier Wochen. Eine Stunde bei Ihnen, das ist doch immer wie sieben Stunden Himmelreich!«, flötet Herr Albers zurück.
Nachdem Mami ihn endlich verabschiedet hat, wage ich mich auf den Flur. »Auweia, Mami, der ist ja wohl total in dich verschossen!«
»Herr Albers? So ein Unfug! Er ist fast 90.«
»Ja und? Soll er sich vielleicht in eine 100-Jährige verknallen?«
»Nein, aber mit 41 bin ich ja wohl auch noch keine Greisin«, sagt Mami ein bisschen beleidigt. Oje, auf dem falschen Fuß erwischt! »So. Was wolltest du mir vorhin erzählen?«
»Ich?«, frage ich und sehe mich prüfend um, ob vielleicht noch ein paar bisher unbekannte Zwillingsschwestern

von mir im Raum sind. In der nächsten Sekunde wiegele ich schnell ab, die Sache hätte sich schon erledigt.
»Das stimmt doch jetzt gar nicht.« Mami geht vor in die Küche und ich dackele ihr hinterher. Irgendeine Stimme in mir raunt mir schon seit ein paar Sekunden zu: Schokolade! Schokolade!
Mami wäscht sich die Hände, dann stellt sie die Kaffeemaschine an. So geht das den ganzen Tag bei ihr: arbeiten, Hände waschen, Tee oder Kaffee trinken, wieder arbeiten, Hände waschen, Tee oder Kaffee trinken – so lange, bis die vielen Getränke eigentlich aus ihr herausschwappen müssten.
»Kann ich mir was Süßes nehmen?«, frage ich und lege meinen allerschönsten Bettelblick auf.
»Klar. In der Anrichte müsste noch eine Tafel Schokolade sein.«
Während ich vor dem Schrank in die Hocke gehe und wie ausgehungert darin herumwühle, bringe ich Mami in zwei, drei Sätzen auf den neuesten Stand. Anders als eben bei Papi erzähle ich nun auch von Jettes Kuss-Ratschlag.
»Das ist doch doof, oder? Jemanden zu küssen, der so eklig zu einem war!«, beende ich meinen kleinen Vortrag. Schokolade ist immer noch nicht in Sicht.
»Hm«, macht Mami und befüllt die Filtertüte in Zeitlupe. »Finde ich eigentlich gar nicht.«
»Wie bitte?!« Vor lauter Überraschung verliere ich das Gleichgewicht und purzele kopfüber in den Vorrats-

schrank, mit der Nase zuerst in eine nur halb verschlossene Mehltüte. Nachdem ich mich endlich wieder nach Luft schnappend aus dem Schrank gerappelt habe, kriegt Mami einen Lachanfall.

»Ist was?«, frage ich säuerlich.

»Nein, gar nicht!« Mami prustet so sehr, dass sie rot anläuft. Im nächsten Moment wird die Tür aufgeschlossen und Omi Olga kommt völlig außer Atem in die Küche gehechtet. Über ihrem Arm baumelt ein Stoff mit glitzernden Pailletten.

»Oh mein Gott, Mia, was ist denn mit dir passiert?« Sie flattert in einer scharfen Linkskurve auf mich zu und wischt sofort in meinem Gesicht herum. Dann schnuppert sie an ihrem Finger, leckt ihn ab und sagt mit der kritischen Miene einer Detektivin: »Mehl. Mia, wieso hast du Mehl im Gesicht?«

»Weil … weil ich Schokolade essen wollte.«

»Das klingt logisch.« Glucksend bringt Omi Olga ihren weißen Kurzhaarschnitt in Ordnung.

»Olga, lässt du Mia und mich bitte noch einen Moment allein?«, mischt sich Mami ein. »Du kannst dich ja solange ins Wohnzimmer setzen und Zeitung lesen.«

»Ihr habt Geheimnisse vor mir?« Omi Olga zieht eine Grimasse.

»Nein, aber du musst auch nicht immer alles wissen.«

Da hat Mami schon Recht. Allerdings hätte ich auch kein Problem damit, meiner Omi die Sache mit Mr Rülps

zu erzählen. Zumal sie ab und zu sowieso die besseren Vorschläge auf Lager hat.
»Also gut, ihr Lieben. Ich gebe euch genau drei Minuten, dann komme ich wieder rein.« Sie lächelt geheimnisvoll. »Ich bin mir sicher, ihr werdet staunen!«
Kaum ist Omi Olga abgezwitschert, kniet sich Mami mit einem Lappen vor den Vorratsschrank und wischt darin herum, dann reicht sie mir eine weiß bestäubte Tafel Schokolade. »Also ... Jettes Idee ist deshalb nicht schlecht, weil du diesen ... wie heißt er noch gleich?«
»Kaspar.«
»Weil du diesen Kaspar bis auf die Knochen blamieren würdest.«
»Woher willst du das eigentlich so genau wissen? Bist du vielleicht elf? Und ein Junge?«
»Nein!« Mami lacht. »Aber ich habe zufällig einen Sohn, und der war ebenso zufällig auch mal elf. Für Lukas wäre es damals das Schlimmste überhaupt gewesen, wenn ihn ein Mädchen vor allen Leuten auf die Wange geküsst hätte.«
»Auf den Mund! Jette meint, ich soll ihn auf den Mund küssen.«
»Oha. Das ist natürlich schon was anderes.«
»Siehst du! Ich sag doch, Jettes Idee ist hirnrissig!«
Mami spült den Lappen aus, dann dreht sie sich zu mir um und sagt: »Am besten wäre es natürlich, du würdest dich mit ihm aussprechen.«

»Nie im Leben! Ich rede doch nicht freiwillig mit rülpsenden Jungs!«
»Mia!« Fältchen fächern sich rund um Mamis Augen auf, als sie lächelt. »Hast du noch nie ein Bäuerchen machen müssen?«
»Doch. Aber nicht ständig! Und nicht so laut! Außerdem schnüffele ich nicht in fremden Tagebüchern herum.«
»Achtung, ihr Lieben! Die drei Minuten sind um! It's showtime!« Schon im nächsten Moment kommt Omi Olga in die Küche getanzt. Das ist so gesehen nichts Besonderes. Erst letztes Jahr hat sie uns in die Kunst des Flamencos eingeführt, im Jahr davor war es Steppen. Doch egal, womit sie uns auch beglückt hat, sie war dabei immer angezogen und nicht halbnackt wie in diesem Moment. Der paillettenbesetzte Stoff, der eben noch über ihrem Arm hing, ist nun um ihre Hüften geschlungen. Obenrum trägt sie einen BH mit Blumenmuster (vielleicht ist es auch ein Bikinioberteil). Dazwischen wabbelt ihr Bauch, als wolle er Kontinente zum Beben bringen. Jetzt fällt es mir auch wieder ein: Omi Olga ist seit ein paar Wochen in einer Bauchtanzgruppe!
»Na, wie findet ihr mein Kostüm?« Omi Olga posiert stolz am Küchenschrank »Das wollte ich bei unserer Vereinsvorführung anziehen.«
»Prima«, sagt Mami, als habe sie eine saure Gurke quer im Mund. Bestimmt will sie ihre Schwiegermutter nicht beleidigen.

»Und du, Mia?«
»Ehm ... sei mir nicht böse, Omi, aber das sieht ein bisschen blöd aus«, gestehe ich.
»Blöd?« Omi Olga blickt traurig an sich runter.
»Na ja, nicht richtig blöd«, rudere ich zurück. »Aber auch nicht richtig gut.«
»Und wenn ich mir noch einen BH aus demselben Stoff nähe? Dann würde doch alles perfekt zusammenpassen.«
Oh nein, stöhne ich innerlich, entgegne jedoch nur: »Na ja, einerseits schon. Andererseits ...«
»Was Mia sagen will«, schaltet sich jetzt Mami ein, doch Omi Olga funkt dazwischen: »Ich weiß schon! Natürlich!« Sie dreht sich um die eigene Achse. »Der Rock ist zu lang!«
»Und sitzt hier ein bisschen zu tief.« Ich zwicke Omi Olga in die kleine Speckrolle, die wie ein Rettungsring um ihre Hüften liegt.
»Wie meinst du das?« Omi Olga zieht eine Schnute.
»Dass es unter Umständen besser wäre, wenn der Rock den Bauch bedecken würde«, bringt Mami das Problem auf den Punkt.
»Aber dann ist doch der ganze Clou weg! Beim Bauchtanz *muss* der Bauch zu sehen sein!«
»Auch wenn er so schwabbelt?«, rutscht es mir heraus.
Einen Moment lang herrscht gespenstische Stille. Omi Olga guckt an sich runter und befühlt ihre Speckrolle,

Mami starrt mich böse an und ich starre die Uhr an, die wütend vor sich hin tickt. Kann denn niemand hier in diesem Raum die Wahrheit vertragen? Von mir aus darf Omi Olgas Bauch ruhig vor sich hin schwabbeln, nur nicht unbedingt vor Publikum.
»Mein Fräulein«, erhebt Omi Olga die Stimme. »Du bist elf Jahre alt und knackig wie eine frisch geerntete Salatgurke. Aber auch du wirst, so Gott will, älter und trägst eines Tages einen kleinen Bauchansatz mit dir herum. Vielleicht. Vielleicht auch nicht. Aber all das ändert nichts daran, dass es beim Bauchtanz unbedingt schwabbeln *muss*!«
»Achsojaokaytutmirleidsorry«, nuschele ich und versuche mich an meiner Großmutter vorbeizudrängen, doch sie packt mich am Schlafittchen. »Vielleicht ziehe ich aber auch einen hautfarbenen Gymnastikanzug drunter. Hm? Meint ihr, das wäre besser?«
Mami und ich nicken im Duett, dann verdrücke ich mich in mein Zimmer, wo immer noch mein Tagebuch auf mich wartet. Nach einer kleinen Denkpause schreibe ich:

Eigentlich finde ich es superklasse, dass Omi Olga kein Problem mit ihrer Schwabbelitis hat. Sie ist, wie sie ist – mutig, selbstbewusst und unerschrocken wie eine Kriegerin. Fragt sich nur, warum ihre Enkelin (also ich) so viel Angst davor hat, Mr Rülps gegenüberzutreten. Ich bin doch sonst nicht so ein Schisshase!

Danach ist Feierabend. Der Tag war grausam, hart und megaanstrengend. Viel zu grausam, hart und megaanstrengend, um jetzt noch Hausaufgaben zu machen. Also lege ich mich aufs Bett, lese, bis meine Augen quadratisch werden, und hoffe, nie wieder in die Schule gehen zu müssen.

Irgendwann, irgendwo, irgendwie

Nicht mein Kampfgeist jagt mich am nächsten Morgen aus dem Haus, sondern meine Mami, die mir beim Schulbrotschmieren aufmunternd auf den Rücken klopft und meint, ich solle meinem Feind mutig wie dem Auge eines Zyklons entgegensehen.

»Was ist ein Zyklon?«, will Lena wissen.

»Ein Wirbelsturm.«

»Und wieso soll Mia ...«

»Kannst du nicht mal einen Moment die Klappe halten?«, schaltet sich Lukas ein, der gerade schlaftrunken zum Kühlschrank taumelt und eine Flasche Saft herausnimmt. Da Lukas zu der Gattung der Schweiger gehört, geht ihm Lenas Geplapper am meisten von allen auf die Nerven. Manchmal findet er es sogar so schlimm, dass er sich beim Essen Oropax in die Ohren stopft.

»Ich rede so viel, wie ich will!«, schimpft Lena zurück. »Und von dir lasse ich mir schon gar nichts verbieten!«

»Wart's nur ab! Eines Tages wird dich die Plapperpolizei verhaften!«

»Kinder, nun streitet nicht«, sagt Mami und schiebt jedem von uns eine Tüte mit Broten und Obst hin.

Papi taucht als Letzter in der Küche auf. Er sieht ziemlich verstrubbelt und zerknautscht aus, sprich: wie eben aus dem Bett gekrabbelt (und nicht der Dusche entstiegen), was Mami auf den Tod nicht ausstehen kann.

Wir frühstücken in aller Eile, dann ist es auch schon Zeit aufzubrechen. Dass meine Beine wie Wackelpudding zittern, merke ich erst, als Jette mich ein paar Meter vor der Schule fragt, ob ich mir die Sache mit Kaspar überlegt hätte.

»Mhm«, murmele ich.

»Und?« Jette mustert mich sensationslüstern. »Was hast du beschlossen?«

»Dass ich erst mal nichts beschließe«, presse ich angestrengt hervor.

»Feigling! Feigling!« johlt Jette.

»Wer ist ein Feigling?« Kaspar taucht wie aus dem Nichts auf und stellt sich uns in den Weg.

»Hey, zisch ab!«, will ich ihn anfahren, aber die Wörter kommen nur erstickt über meine Lippen. Niemals werde ich Mr Rülps küssen, nie, nie, nie! Bevor mir schlecht wird, schubse ich ihn beiseite und eile in die Klasse. Mein Herz wummert, als ich mich auf meinen Platz fallen lasse.

»Kippst du jetzt etwa gleich vom Stuhl, oder wieso bist du so leichenblass?« Christi mustert mich von der Seite. Ihre Augen sind so grün wie ein See.

»Tot zu sein wäre wirklich nicht das Schlechteste«, ächze ich.

»Ihh, sag mal, wie bist du denn drauf!«

»Das hab ich doch nicht ernst gemeint.«

»Und warum sagst du dann so was?« Christis Stimme überschlägt sich fast.

»Weißt du, meine Urgroßmutter mütterlicherseits war eine Märchenerzählerin«, kommt mir die Lüge einfach so in den Sinn. »Sie ist im Theater und im Zirkus aufgetreten. Kann sein, dass ich das Talent von ihr geerbt habe.«

Christi zieht die Augenbrauen hoch. »Davon merkt man aber im Deutschunterricht nicht besonders viel.«

»Und bei dir merkt man im Deutschunterricht nicht, dass du noch was anderes kannst als Auswendiglernen«, schieße ich zurück. »Fantasie hast du jedenfalls so viel wie eine Wüstenmaus.«

Christi schnappt ein paarmal nach Luft (hoffentlich kippt *sie* jetzt nicht vom Stuhl), dann kommt schon unser Reli-Lehrer Herr Grützke federnden Schrittes in die Klasse spaziert, den Stapel mit unseren Klassenarbeiten unter den Arm geklemmt.

»Ach, du jemine«, stöhnt Streber-Christi panisch und lässt ihren Kopf aufs Pult sinken. Mich kann sie mit dem Theater nicht mehr beeindrucken. Es ist jedes Mal dasselbe. Erst jammert sie stundenlang rum (*Diesmal hab ich die Arbeit aber ganz bestimmt verhauen! Jaul, jaul!*), um am Ende doch wieder die einzige Eins abzusahnen.

Es dauert ein Weilchen, bis Ruhe eingekehrt ist, dann schreibt Herr Grützke den Notenspiegel an die Tafel. Es gibt eine Eins, eine Zwei, ansonsten bloß Dreien und Vieren, keine Fünf, keine Sechs …
Auch nach ein paarmal drüber schlafen denke ich immer noch, dass mein Brief an Gott dem Hirn eines Genies entsprungen ist; die Zwei müsste mir also sicher sein. Auf die Eins hoffe ich gar nicht erst. Wer die hat, ist sowieso sonnenklar.
»Also, meine sehr verehrten Damen und Herren …« Der Heilige stopft seine Fäuste so tief in die Taschen seiner Cordhosen, dass sie fast bei den Knöcheln wieder rauskommen. »Offen gestanden war ich von eurer Leistung enttäuscht. Die meisten haben die Aufgabenstellung gar nicht richtig ernst genommen und einfach drauflosgeschrieben.«
Oliver schnippt mit den Fingern und ruft: »Aber haben Sie nicht mal gesagt, dass es besser ist, einfach draufloszuschreiben, statt so lange rumzugrübeln, bis man ein richtiges Brett vorm Kopf hat?«
»Das stimmt.« Der Heilige pflanzt sich mit einer Pobacke aufs Lehrerpult. »Im Zweifelsfall bin ich immer für Spontaneität. Aber ihr seid inzwischen in der sechsten Klasse. Da solltet ihr langsam lernen, eure Arbeiten zu strukturieren.«
»Was heißt das genau?«, will Leonie wissen.
Als ich mich nach ihr umdrehe, sehe ich, dass Alina

neben ihr ganz blass um die Nase geworden ist. Sie krallt sich an ihrem Füller fest.

»Dass ihr euch, bevor ihr losschreibt, genau überlegt, was ihr überhaupt zu Papier bringen wollt. Einleitung, Hauptteil, Schluss – jeder Baustein sollte logisch auf den anderen aufbauen.« Herr Grützke wechselt auf die andere Pobacke. »Habt ihr euch denn in Deutsch noch nie mit dem Aufbau eines Aufsatzes beschäftigt?«

»Nein!«, rufen Meike und Inga wie aus einem Mund.

»Gar nicht wahr«, tönt die neunmalkluge Christi neben mir. Mich würde nicht wundern, wenn ihr eines Tages zur Strafe eine dicke behaarte Warze am Kinn wächst. »Das hatten wir doch schon in der Fünften!«

»Ich werde mal mit Frau Müller-Stegemann reden. Vielleicht ist es bei einigen von euch nicht richtig angekommen. Oder ihr habt es schon wieder vergessen.«

Herr Grützkes Fäuste tauchen aus den Tiefen seiner Hosentaschen auf, dann wandert sein Blick in die letzte Reihe. »Alina? Alles in Ordnung mit dir?«

Alina schüttelt den Kopf und hat schon im nächsten Moment ihren Notfalltraubenzucker aus dem Ranzen geholt. Anfangs haben alle gegafft, wenn Alina mitten im Unterricht etwas gegessen oder getrunken hat, inzwischen guckt kaum noch jemand hin, was ich nur gut finde. Wir stärken uns in den Pausen, Alina muss es eben auch manchmal zwischendurch tun.

Zum Glück kehrt sie ratzfatz wieder zu den Lebenden

zurück und der Heilige beginnt mit der Herausgabe der Arbeiten. »Leonie?« Er nimmt das oberste Doppelblatt mit spitzen Fingern hoch.

»Ja, hier.« Ihre Stimme klingt dünn – wahrscheinlich, weil sie mit einer Vier rechnet. Seit sie in der letzten Geschichtsarbeit nur eine Vier minus hatte, ist ihr Selbstbewusstsein ziemlich im Keller.

Doch dann kommt alles anders. »Ich gratuliere!«, ruft Herr Grützke mit seligem Lächeln. »Du hast die beste Arbeit geschrieben! Glatte Eins.«

»Was? Ich? Nee, oder?« Leonie sieht aus, als würde sie gleich vom Stuhl kippen.

»Gibt es hier sonst vielleicht noch eine Leonie Hagestolz?«

»Nein ... ehm ... das bin wohl ich.«

Alles lacht. Außer der blöden, missgünstigen Person an meiner Seite.

»Prima, Leonie.« Er reicht ihr die Arbeit und erklärt, dass es ihr neben dem klaren Aufbau sogar gelungen ist, einen Spannungsbogen aufzubauen.

»Spannungsbogen hatten wir aber wirklich noch nicht«, meldet sich Christi prompt zu Wort. Natürlich! Jetzt will sie dem Heiligen durch die Blume zu verstehen geben, dass sie ja gar keine Eins geschrieben haben kann. Weil sie logischerweise nichts können kann, was noch gar nicht dran war!

»Kommen wir nun zur zweitbesten Arbeit.« Wohl um die

Spannung zu steigern, lässt Herr Grützke seinen Blick erst eine Weile durch die Klasse schweifen, bevor er ausruft: »Kaspar!«
Mr Rülps. Der Idiot Nummer eins unter der Sonne hat die einzige Zwei geschrieben? Das kann ich kaum glauben!
Doch schon spricht Herr Grützke weiter: »Interessanter Aufsatz. Gutes Fachwissen. Du solltest nur ein bisschen mehr für deine Rechtschreibung tun.«
Ich fasse es nicht! Bestimmt habe ich mich einfach nur verhört und er hat in Wirklichkeit Christis Namen genannt, wenn ich schon nicht zu dem erlauchten Kreis der Supernoten-Schreiber gehöre. Aber der Heilige ist jetzt bei Mr Rülps und drückt ihm seine Arbeit in die Hand. Das Leben ist ungerecht. Einfach nur grausam!
Die restlichen Arbeiten sind im Nu verteilt. Ich habe eine Drei plus, Christi eine glatte Drei – immerhin ein kleiner Triumph. *Origineller Ansatz*, steht in Herrn Grützkes steiler Schrift unten meiner Note. *Schade, dass du deine Thesen nicht mit ein paar Fakten untermauert hast.*
Fakten – von wegen! So lässig sich unser Reli-Lehrer auch geben mag, in Wahrheit kriegt er es bestimmt nicht auf die Reihe, dass es jemand (in diesem Fall ich) wagt, am lieben Gott zu zweifeln.
»Bis zu den Ferien«, verkündet Herr Grützke und greift nun nach einem Stück Kreide, »werden wir uns mit den fünf großen Weltreligionen befassen. Weiß jemand, welche das sind?«

Hennings Hand fliegt in die Luft.
»Ja, Henning?«
»Islam, Buddhismus, Katholizismus«, beginnt er aufzuzählen.
»Katholizismus?« Herr Grützkes Augenbrauen rutschen unter seinen grauhaarigen, immer ein bisschen fettig aussehenden Pony.
»Christentum heißt das!«, meldet sich Jette zu Wort. »Dazu gehören ja nicht nur die Katholiken, sondern auch die Protestanten.«
»Sehr gut, Jette«, sagt der Heilige und schreibt neben den schon genannten Begriffen noch Judentum und Hinduismus an die Tafel.
In diesem Moment beginnt mein Tisch zu wackeln. Ich schiele nach rechts und sehe, dass Christis Schultern beben. Herrje, jetzt flennt die Streberpute auch noch! Wegen einer Drei in Religion! Muss ich was tun? Soll ich sie etwa trösten? Ich zögere noch, da jault sie plötzlich wie ein Schlosshund auf.
»Christi? Irgendwas nicht in Ordnung?«
Christi nickt und heult. Und heult und nickt. Und heult nur noch, ohne zu nicken.
»Was ist denn los?« Der Heilige tritt mit ratloser Miene an ihren Tisch.
»Ich … ich«, stammelt Christi, doch statt sich langsam mal wieder einzukriegen, wird ihr Schluchzen noch hysterischer. Ein paar Leutchen kichern.

»Bist du mit deiner Note nicht zufrieden?«
»Ich weiß nicht … Ich dachte …«
Da sie gerade dabei ist, sich die Nase zu putzen, ergänze ich, dass Christi eigentlich mit der Vier minus gerechnet hat (leider hat es die arme Irina getroffen, die noch nicht lange in Deutschland lebt und daher auch kaum Deutsch spricht) und nun vor lauter Freude weint.
»Doofe Ziege!«, zischt Christi und rammt mich mit ihrem spitzen Ellbogen.
»Mia, Christi – wenn ihr eure Konflikte bitte nach dem Unterricht austragen würdet. Und du, Christi, kommst bitte in der Pause zu mir und wir reden in Ruhe über deine Arbeit, einverstanden?«
Christi beruhigt sich erst nach einer ganzen Weile, was dazu führt, dass der Heilige heute nur schleppend mit dem Unterrichtsstoff vorankommt. An seiner Stelle würde ich Christi allein schon deswegen eine Sechs verpassen.
In der großen Pause schnappe ich mir mein Pausenbrot und will gemütlich auf den Hof spazieren, doch an der Treppe lauert mir Mr Rülps auf. Er lehnt am Geländer, ein großes Stück Banane im Mund.
»Hachuusdiübaleeeg?«, fragt er.
»Wie bitte?« In aller Seelenruhe befestige ich die Schmetterlingsspange wieder in meinem Haar.
Kaspar kaut und schluckt, bevor er jetzt in korrektem Deutsch sagt: »Hast du's dir überlegt?«

»Was denn?«, stelle ich mich dumm und hoffe nur, dass er nicht gleich rülpst.
Statt zu antworten, schmatzt Kaspar in die Luft und verdreht so sehr die Augen, dass nur noch das Weiße zu sehen ist. Das ist mir wirklich zu blöd. Ich will schon abzischen, aber er hält mich mit seinen Kraken-Fingern am Arm zurück. »Iiisch Franzooose, du miiisch küssen! Weeeiiiißt du niiiisch meeehr?«
»Lass mich in Ruhe, ja?« Hilfe, von wem hat der nur sein Schauspieltalent geerbt?
»Nö. Hab ich nicht vor.« Er grinst breit.
»Du bist ja so ein Blödmann!«, blaffe ich ihn an und mache mich ruckartig los.
»Macht nix. Aber denk dran: Die Schonfrist läuft bald ab!«
So schnell ich kann, stolpere ich die Treppen hinab und verschwinde türenknallend im Mädchenklo. Drei Mädchen aus der Zehnten starren mich an.
»Ist was? Hab ich irgendwo einen Pickel?«
»Nee, aber einen Bananenfleck. Da, am Ärmel.«
Während die Schülerinnen kichernd verschwinden, beuge ich mich übers Waschbecken und scheuere so lange an meinem Pulli herum, bis ein Ziehfaden entsteht. Aber das ist mir egal. Besser nackt gehen als in Klamotten, auf denen Kaspar seine Spuren hinterlassen hat.

Am Nachmittag bin ich immer noch aufgekratzt wie ein Hamster nach zehn Tassen Kaffee.
»Der hat sie doch wohl nicht mehr alle«, schnaufe ich und schütte mir eine Handvoll Gummibärchen in den Mund. Wie jeden Donnerstag habe ich meine Freundinnen zu einem Quasselnachmittag zu mir nach Hause auf meinen blau-weiß gestreiften Läufer bestellt. Donnerstags ist Lena beim Flöten; das muss ausgenutzt werden.
»Wenn Kaspar dich nicht in Ruhe lässt, solltest du zu Frau Müller-Stegemann gehen«, schlägt Alina vor und steckt sich ein Stück Schokolade in den Mund. »Für so was sind Klassenlehrerinnen schließlich auch da.«
»Oder du weihst deinen Vater ein«, nuschelt Leonie mit vollem Keksmund.
»Nie im Leben! Das ist einfach nur peinlich!« Mein Blick fällt auf meinen Snoopy-Wecker. »Wo bleibt eigentlich Jette? Sie wollte längst hier sein.«
Alina streckt ihre dünnen Beine von sich, die heute in bunt geringelten Strumpfhosen stecken. »Vielleicht ist sie noch kurz zu ihren Eltern in die Apotheke …«
Bevor sie den Satz zu Ende führen kann, pocht es wie aufs Stichwort an die Zimmertür und Jette poltert herein. Erst grinst sie übertrieben breit, dann zieht sie eine Fratze, im nächsten Moment grinst sie wieder, als wäre sie ein bisschen gaga.
»Was ist denn mit dir los?«, will Leonie wissen, doch Jette tut, als wäre sie zusätzlich zu ihren außer Kontrolle

geratenen Gesichtsmuskeln auch noch taubstumm. Mit einem Plumps lässt sie sich auf mein Bett fallen, wo sie ihre Brille zu putzen beginnt. Zwischendrin schüttelt sie ihre Haare, als würden sie sie kitzeln.

»So schlimm?«, hake ich nach.

»Dein blöder Bruder könnte auch ruhig mal ein paar Worte sagen«, sagt sie. »Oder einem besser gar nicht erst die Tür aufmachen.«

»Klar ist Lukas blöd. Aber du kennst ihn doch. Er redet nun mal nicht gerne.«

Wieder schleudert Jette ihre blonde Mähne zurück, dann setzt sie ihre Brille auf. »Interessiert der sich überhaupt nicht für Mädchen?«

»Keine Ahnung. Ich glaub nicht.«

»Komisch. Er ist dreizehn! Und bald schon vierzehn!«

»Komisch wäre es, wenn er sich jedem Mädchen an den Hals schmeißt, das ihm über den Weg läuft«, wirft Leonie mit neunmalkluger Miene ein.

»Oh bitte, nicht wieder diese Ich-bleib-für-immer-keusch-Nummer!«, schnaubt Jette. »Ich kann das bald nicht mehr hören!«

»Wieso hast du eigentlich so schlechte Laune?«, entgegnet Leonie. »Hast du doch, oder?«

»Verboten?«

»Aber wieso denn?«, schaltet sich Alina ein. »Ist irgendwas passiert?«

»Will nicht drüber reden.«

»Deine Eltern?«, wage ich einen Vorstoß. »Haben sie sich wieder gestritten?«
»Auch«, schnaubt Jette und greift nach der Chipspackung. Jette mag normalerweise keine Chips. Dass sie jetzt zu futtern anfängt, ist ein schlechtes Zeichen. Ein ziemlich schlechtes Zeichen.
»Kannst du gar nicht mehr in ganzen Sätzen reden?«, will ich wissen.
Sie schüttelt den Kopf. »Kümmert euch am besten nicht um mich. Ich bin gar nicht anwesend.«
»Ach so, okay«, murmele ich und frage mich, warum sie mit ihrer schlechten Laune nicht gleich zu Hause geblieben ist. Zu Leonie und Alina sage ich kichernd: »Jette ist gar nicht anwesend. Also, wer was zu lästern hat: auf die Plätze, fertig, los!«
Es war bloß als Scherz gemeint, aber Jette springt wie von der Tarantel gestochen auf und keift: »Ja! Macht nur! Das ist ja sowieso eure Lieblingsbeschäftigung!«
In der nächsten Sekunde ist sie schon an der Tür und stürmt hinaus. Kurz darauf fliegt die Haustür mit einem lauten Knall zu.
»Was war das denn?«, fragt Alina.
»Unser Blondhaar-Sternchen mit mieser Laune«, sage ich und zucke mit den Achseln. Manchmal ist sie einfach komisch. Meine Mami würde in diesem Zusammenhang wohl sagen, dass die Pubertät kräftig im Anmarsch ist.

Der Kuss

Das Leben ist blöd.

Auch am nächsten Tag guckt Jette durch mich hindurch und redet einfach nicht mehr mit mir. Keine Ahnung, was eigentlich in sie gefahren ist. Immer, wenn ich sie darauf anspreche, dreht sie sich um und tut, als müsse sie ganz dringend ihre Brille putzen oder sich die Nase schnauben oder in ihrer Tasche kramen. Umso seltsamer ist das, weil nur ich ihre schlechte Laune abkriege; zu Alina und Leonie ist sie wieder ganz normal. Also muss es ja wohl an mir liegen, dass sie nicht mehr ganz richtig tickt. Oder etwa an meinem schönen stummen Bruder?

Als wir in die Klasse gehen und ich Mr Rülps vorne an der Tafel herumhampeln sehe, kocht eine so schreckliche Wut in mir hoch, dass mir plötzlich alles egal ist. Blitzschnell scanne ich den Klassenraum ein – fast alle Pappnasen sind schon da. Laut Jette ist es also genau der richtige Moment …

»Hey, Kaspar!« In zwei Sätzen bin ich bei ihm, packe ihn an der Schulter und drehe ihn herum.

»Ey!«, will er protestieren, doch weil ich bestimmt böser gucke als eine Schauerfigur aus der Geisterbahn, klappen seine Mundwinkel nach unten und er stottert: »Ey … was soll denn das?«
Im nächsten Moment hat er sich schon wieder gefangen und wedelt mit dem Schwamm, aus dem eine eklige Brühe tropft. »Ach so! Du willst mir helfen!«
»Gut geraten, aber knapp daneben. Wolltest du nicht, dass ich etwas ganz Bestimmtes tue?«
Kaspars Mundwinkel wandern wieder in die Horizontale, dann quetscht er sich ein Grinsen ab und stammelt: »Ja … klar … Aber doch nicht hier … vor allen anderen.«
»Nein? Warum denn nicht?«
»Weil …« Sein Mund ploppt gleich wieder zu.
Lars, Jens und Annika eilen als Letzte in die Klasse. Gerade im richtigen Augenblick.
»Alle mal herhören!«, rufe ich genauso wie Mr Rülps vorgestern. Damit er mir nicht entwischt, halte ich ihn am Ärmel fest. Rufe dringen wie durch Nebel an mein Ohr. *Cool! Ey, die prügeln sich gleich! Wetten, Mia klebt ihm eine? Gib's ihm! Kloppt euch! Kloppt euch doch!*
Ich stelle mir vor, ich müsste vom 5-Meter-Brett springen, hole tief Luft, dann beuge ich mich vor und gebe Kaspar einen Kuss mitten auf den Mund.
Na, bitte. Ging doch!
Sofort setzt ein mittelstarkes Pfeif- und Lachkonzert ein. In unserer Klasse ist schon so einiges passiert, aber noch

nie hat eine Mia einen Kaspar zur Strafe geküsst. Und – wie toll! – ich bin noch am Leben! Leider muss ich jetzt mit ansehen, wie sich Mr Rülps angewidert den Mund abwischt. Spinnt der? Und das, wo mein Kuss bestimmt so lecker wie Schokoeis geschmeckt hat!

»Sind wir nun quitt?«, schnaube ich. Die Klasse tobt immer noch.

»Mhm.« Kaspar sieht aus, als würde er gleich losheulen.

»Also ja oder nein?«

Endlich nickt er und ich lasse ihn abziehen. Gleichzeitig kommt Frau Müller-Stegemann herein.

Erschöpft wie nach der Besteigung des Mount Everest falle ich auf meinen Stuhl. Das war also der erste Kuss meines Lebens! Eigentlich müsste ich für meinen Mut einen Orden kriegen. Oder zumindest eine Medaille.

»Wenn mich netterweise jemand aufklären würde, was hier eigentlich los ist?«, versucht sich Frau Müller-Stegemann Gehör zu verschaffen. Sie steht schon eine Weile am Lehrerpult und presst ihre Mappe wie einen Schutzschild an ihren Busen.

»Mia hat eben ...«, will Christi lospetzen, doch sie hat nicht mit meinem Ellbogen gerechnet, der sich spitz in ihre Seite bohrt.

»Sei bloß still!«, flüstere ich und fletsche wie ein Pitbull die Zähne.

Christi verstummt erschrocken.

»Jetzt ist aber mal Ruhe!« Mit einem Knall landet Frau

Müller-Stegemanns Mappe auf dem Tisch. »Ich kann auch gleich ein benotetes Diktat schreiben!«
Das wirkt. Unsere Klassenlehrerin ist die meiste Zeit gutmütig wie ein alter Esel, aber wenn ihr dann doch mal der Geduldsfaden reißt, kann sie ziemlich ungemütlich werden. Während sie nun mit der Grammatikstunde beginnt – Attribute und Relativsätze stehen auf dem Programm –, starre ich bloß in mein Buch und sehe die Buchstaben hin- und hertanzen. Ich weiß kaum, was ich fühlen soll. Irgendwie bin ich ziemlich stolz, dass ich über meinen Schatten gesprungen bin. Ich habe Mr Rülps auf den Mund geküsst und es war nicht mal richtig schlimm.
Als ich mich einmal nach meinen Freundinnen umdrehe, recken Alina und Leonie ihre Daumen in die Luft und grinsen im Duett. Bloß Jette verzieht keine Miene. Genau wie Kaspar, der sich an seinem Deutschbuch festkrallt, als könnte er sonst vom Stuhl kippen.
Was um Himmels willen ist bloß mit Jette los?
In der Pause will ich sie sofort zur Rede stellen, aber Frau Müller-Stegemann fängt mich an der Tür ab.
»Mia, alles in Ordnung?«
»Logo«, antworte ich und hoffe, dass sie nicht weiterbohrt.
»Willst du mir nicht sagen, was eben los war?«
»Ehrlich gesagt, nicht so gerne«, druckse ich.
Es wäre mir total peinlich, meiner Klassenlehrerin von der Sache mit dem Kuss zu erzählen.

»Also gut, Mia.« Frau Müller-Stegemann schnippt sich einen Fussel von der Strickjacke. »Ich war nur so neugierig. Aber eigentlich geht es mich ja auch nichts an.«

Später in der Aula umringen mich die Mädchen aus meiner Klasse.

»Das war echt klasse!«, sagt Annika. »In fremden Tagebüchern lesen ist einfach nur daneben.«

»Ja, total mutig«, findet auch Meike und ich schäme mich, dass ich ihr eigentlich ganz normales Hinterteil als *Entenarsch* bezeichnet habe. Hätte ich wenigstens nur *Entenpopochen* geschrieben!

Sogar Christi klopft mir anerkennend auf die Schulter (o Wunder!). Nur Leonie drängelt sich durch die Mädchenschar und ruft: »Aber mal ehrlich: Ein Kuss ist doch keine Strafe! Eine saftige Ohrfeige wäre viel, viel besser gewesen.«

Ich nehme Leonie beiseite und zwicke sie in ihre runde Hüfte. »Sag mal, hast du Jette gesehen?« Auch wenn meine beste Freundin im Moment ein bisschen komisch ist, hätte ich meinen Triumphzug schon gerne mit ihr gefeiert.

»Keine Ahnung. Sie wollte sich kämmen.«

»Zwanzig Minuten am Stück?«

Leonie zuckt die Achseln. »Du weißt doch, wie eitel sie ist.«

Alina gesellt sich zu uns und legt ihr Kinn auf meiner Schulter ab. »Vielleicht hat Jette ihre Tage gekriegt. So genervt kennt man sie doch gar nicht.«
»Okay, ich seh mal nach ihr.«
Schon flitze ich los. Erste Station ist das Mädchenklo, aber im Vorraum stehen bloß wieder die aus der Zehnten und tragen Lipgloss auf.
»Jette, bist du hier irgendwo?«
Keine Antwort. Ich spähe unter jede einzelne Kabinentür, aber Jettes rote Signalturnschuhe sind nirgends zu entdecken. Wo mag sie sich bloß verkrochen haben?
Als Nächstes schaue ich im naturwissenschaftlichen Trakt nach, danach in der Sofaecke, als Letztes auf dem Pausenhof. Von Jette keine Spur. Zurück in der Aula sehe ich, wie Leonie die Hand in die Luft reckt und hinauf in den ersten Stock deutet.
»Klassenraum«, ruft sie. »Jette ist grad die Treppe rauf.«
Jette blickt nicht mal hoch, als ich wenig später angekeucht komme. Sie sitzt auf ihrem Platz und spielt gedankenverloren mit ihrem Handy. Genauer gesagt knipst sie sich selbst und mustert die Aufnahmen danach mit gerunzelter Stirn. In Zeitlupe lasse ich mich auf Alinas Tisch sinken und stelle meine Füße auf der Kante ihres Stuhls ab. »Erzähl mal. Was ist los?«
»Nichts.«
»Ist es wegen meinem Bruder? Weil der irgendwie blöd zu dir war?«

»Quatsch.«
»Oder bist du sauer, weil ich nicht mit zum Greifenzahn komme?«
»Du würdest sowieso nur stören.« Jette schleudert ihre Haare nach hinten. »Und mich beim Posieren ablenken.«
Spinnt meine Freundin jetzt total? Doch um nicht gleich wieder einen Streit vom Zaun zu brechen, lenke ich das Gespräch auf Kaspar.
»Wie fandest du mich eigentlich? Das war doch bühnenreif, oder?«
»Was war bühnenreif?«, gibt Jette gelangweilt zurück.
Ich glaub, ich spinne! Jetzt tut sie tatsächlich so, als sei sie bei meinem Kussüberfall auf Mr Rülps gar nicht dabei gewesen!
»Was soll das, Jette! Du hast doch schließlich vorgeschlagen, dass ich Kaspar …«
»Ja, leider«, unterbricht sie mich.
»Wieso das denn jetzt auf einmal?«
Irgendwas ist hier faul. Mächtig faul.
Jette lässt ihr Handy sinken und funkelt mich wie ein gehörntes Monster an. »Weil man Leute, die über einen ablästern, nicht noch mit super Ideen versorgen sollte.«
»Ich hab nicht über dich gelästert«, entgegne ich mit wackeliger Stimme.
»Doch. In deinem Tagebuch.«
Einen Moment lang bin ich sprachlos, dann presse ich heiser hervor: »Wie bitte?«

»Wie bitte? Wie bitte?«, quakt Jette und mit verstellter Stimme fährt sie fort: »Blondchen Jette geht mir mit ihren Starallüren ganz fürchterlich auf die Nerven! Na? Macht's klick?«

In meinem Bauch fängt es an zu grummeln.

»Das hast du doch geschrieben, oder etwa nicht?«

»Ja, schon«, gestehe ich kleinlaut. »Aber ich hab's ganz anders ausgedrückt.«

»Ist doch völlig egal, wie du es ausgedrückt hast. Was zählt ist, dass du schlecht über mich redest.«

»Das stimmt doch gar nicht! Ich habe bloß meine geheimen Gedanken in mein *geheimes* Heft geschrieben! Du denkst doch bestimmt auch nicht immer nur Gutes über mich, oder?«

»Stimmt. Im Moment denke ich sogar total mies über dich!« Es klingelt und die ersten Schüler kommen wie Herdentiere in die Klasse getrampelt.

»Woher weißt du eigentlich so genau, was in meinem Tagebuch über dich steht?«, erkundige ich mich. »Hast du etwa auch heimlich drin geschnüffelt?«

»Um Himmels willen! Dafür ist mir meine Zeit echt zu schade.« Jette packt in aller Seelenruhe ihre Französischsachen aus. »Kaspar hat's mir gesteckt.«

»Das ist jetzt nicht wahr!«

»Glaubst du etwa, ich lüge?«

»Wann hat er's dir gesagt?«

»Schon vor deinem Kuss heute Morgen. Also reg dich ab.«

Doch genau das Gegenteil ist der Fall. Ich rege mich so sehr auf, dass ich vom Tisch rutsche und mir das Knie an der Metallverstrebung von Alinas Stuhl stoße. Jetzt wird mir auch klar, warum Jette gestern so komisch war und gleich wieder abgedampft ist.
Nur eins nehme ich ihr wirklich übel: dass sie nicht gleich mit der Wahrheit rausgerückt ist! Wie betäubt taumele ich zu meinem Platz und versuche meine Gedanken zu sortieren. Jette ... Kaspar ... Der Kuss ... Mein Tagebuch ... Doch je mehr ich über alles nachgrübele, desto schlimmer wird das Durcheinander in meinem Kopf.
Die nächste Stunde Französisch bei Frau Hübsch (sie sieht mit ihren Modelmaßen auch so aus, wie sie heißt) lebe ich wie unter einem Sauerstoffzelt ohne Sauerstoff. Ich lasse meinen Finger zwar sooft es geht in die Luft fliegen, doch als ich einmal drankomme, ist die Idee schon weggeflutscht und alles fängt bei meinem Gestammel an zu lachen. Wie peinlich! Besonders laut höre ich Jette und Kaspar glucksen. Wahrscheinlich verbünden die beiden sich gegen mich und werden demnächst ein Liebespaar.
In der kleinen Pause bleibe ich auf meinem Platz sitzen und vergrabe meinen Kopf zwischen beiden Armen. Ich male mir aus, dass Jette mir gleich auf die Schulter tippen und sich wegen unseres Zickenkrieges entschuldigen wird. *Alles wieder okay?*, wird sie sagen und dann fallen wir uns wie beste Freundinnen in die Arme. Doch nichts in der Art passiert. Füße trappeln an mir vorbei, Alina

und Leonie wollen wissen, ob ich mit rauskomme, aber ich schüttele bockig den Kopf. Und wenn die Welt inzwischen untergeht – ich werde mich nicht eher von meinem Platz wegbewegen, bis Jette …

Bloß einen Wimpernschlag später spüre ich einen zarten Pieks zwischen den Schulterblättern. Und noch einen.

Jette!

»Lass uns nicht mehr streiten, okay?«, murmele ich, während mich ein warmes Glücksgefühl durchflutet, dann erst blicke ich hoch.

»Häh? Wieso streiten?« Statt Jette steht Christi an meinem Tisch und zupft an ihrem weißen Blusenkragen. Von Jette weit und breit keine Spur.

»'tschuldigung«, murmele ich mit Grabesstimme. »Ich hab mich nur versprochen.«

»Echt jetzt?«

»Ja, ich dachte …«

»Dass ich Jette bin«, ergänzt Christi. »Verstehe.«

»Was weißt du schon von Jette und mir?«

»Vielleicht mehr, als du denkst.« Sie zückt einen Zitronenbonbon und hält ihn mir hin, doch ich schüttele bloß den Kopf und gehe wieder auf Tauchstation.

»Kann ich dir vielleicht irgendwie helfen?«

Diesmal mache ich mir gar nicht erst die Mühe zu antworten. Wie bitte schön soll ausgerechnet Christi mir helfen?

»Hey, Mia!«

»Was denn?«, schnaufe ich und spüre meinen Atem, der meine Nase warm umnebelt.
»Ich fand das vorhin ziemlich mutig von dir.«
Mein Kopf schnellt hoch. »Wirklich?«
Christi nickt und wickelt ganz gemächlich den Zitronenbonbon aus. »Ich weiß, du kannst mich nicht besonders leiden, aber ich dich schon … irgendwie.« Der Bonbon verschwindet in ihrem Mund. »Es ist wirklich gemein, in fremden Tagebüchern zu schnüffeln.«
Ich muss zugeben, ich bin baff. Christi ist nett zu mir! Obwohl ich nicht besonders nett zu ihr war.
»Du hättest also nicht in meinem Tagebuch gelesen?«, forsche ich immer noch ein bisschen misstrauisch nach.
»Natürlich nicht.« Sie hebt ihre Hände, als wolle sie den Tisch segnen. »Schließlich habe ich selbst eins und würde auch nicht wollen, dass … na ja … du weißt schon …«
Christi schreibt also auch Tagebuch. Ausgerechnet!
»Wenn ich mir vorstelle, Kaspar hätte aus meinem Notizheft vorgelesen«, fährt sie fort. »Also ehrlich mal, ich glaub, ich hätte ihm den stinkenden Tafelschwamm ins Gesicht gedrückt!«
Ich muss lachen. Kaum zu glauben, dass Christi so gemein werden kann.
»Zumindest hätte ich ihm ein paar geklebt«, rudert sie zurück, während sich ein Grinsen in ihr Gesicht schleicht. »Aber das kannst du ja eigentlich auch noch nachholen.«
»Verdient hätte er es«, nuschele ich, erspare es mir jedoch,

Christi von der Sache mit der Erpressung zu erzählen. So dicke sind wir nun auch nicht miteinander, dass ich sie gleich in alles einweihe.

Dann ist die Fünfminutenpause auch schon wieder vorbei. Nach und nach trudeln alle ein. Die Jungs balgen sich unentwegt (irgendwie können sie einfach nicht normal gehen), die Mädchen kichern, und als Vorletzte stolziert Jette an meinem Tisch vorbei, ohne mich auch nur eines Blickes zu würdigen.

Alina bleibt kurz stehen. »Ich würde dir so gerne helfen, Mia«, wispert sie, »aber ich weiß ehrlich gesagt nicht, wie.« Sie wirkt ganz klein und ist blass um die Nase. So als hätte nicht ich Stress mit Jette, sondern sie.

»Später, Alina«, wimmele ich sie ab, denn aus dem Augenwinkel sehe ich, dass Kaspar mit langen Schritten in die Klasse eilt. Er guckt zwar schräg an mir vorbei, zieht aber eine Fratze, die garantiert mir gilt.

Nicht mit mir, mein Lieber! Als er auf meiner Höhe ist, muss ich an Christis Ratschlag denken, bringe es dann aber doch nicht fertig, ihm eine zu kleben. Blitzschnell nehme ich mein Erdbeerkaugummi aus dem Mund und klebe es ihm vorne an sein Sweatshirt.

»Igitt!«, ruft Kaspar aus, während Christi vor lauter Schadenfreude einen kleinen Luftsprung macht.

Unter dem Gefeixe der Jungs pult er das Kaugummi von seinem Sweatshirt, wirft Christi und mir einen bitterbösen Blick zu, dann zuckelt er wie ein geprügelter

Hund zu seinem Platz. Da weiß ich: Mr Rülps kann mir mit seinen Drohungen keine Angst mehr machen. Nie wieder.

Natürlich will Mami beim Mittagessen wissen, wie es mit Kaspar gelaufen ist, und natürlich schaffe ich es nicht, meinen Mund zu halten. Das ist blöd. Denn spätestens, als Lena ihre Augen aufreißt und ein paarmal nach Luft schnappt, wird mir klar, dass ich besser nichts gesagt hätte.

»Echt jetzt? Du hast einen Jungen geküsst?«, kreischt sie in viel zu hoher Tonlage. »Wie hat sich das angefühlt? Supi?«

»Lena, das geht dich gar nichts an.«

»Aber es war dein erster Kuss, oder?«, nervt sie weiter.

»Auch das geht dich nichts an.« Am liebsten würde ich ihr ein Pflaster auf den Mund kleben.

Lukas schnappt sich sein Nachtischschälchen mit Obst und steht auf.

»Wo willst du hin?«, fragt Mami.

»In mein Zimmer. Eure Unterhaltungen verderben einem ja den Appetit.« Schon schlurft er aus der Tür.

»Sag mal, Mia ...« Mami spielt gedankenverloren mit dem Nachtischlöffel. »Hast du dich denn am Ende wenigstens noch mit deinem Klassenkameraden ausgesprochen?«

»Nö. Wozu?«
»Um die Sache abzuschließen! Oder willst du die nächsten Schuljahre immer nur durch Kaspar hindurchgucken?«
Ich zucke die Achseln. Im Moment ist mir das ziemlich schnuppe. Die Sache mit Jette macht mir gerade viel mehr zu schaffen.
Am liebsten würde ich sie anrufen, um mir sagen zu lassen, dass ich alles nur geträumt habe und wir immer noch beste Freundinnen sind. Aber natürlich geht das nicht einfach so. Der Streit zwischen uns war zu heftig, um jetzt mir nichts, dir nichts darüber hinwegzugehen. Vielleicht habe ich aber auch bloß Angst vor einer weiteren Abfuhr.
Gleich nach den Hausaufgaben hänge ich mich an die Strippe und wähle Leonies Nummer. Ihr Stiefvater nimmt ab.
»Tut mir leid, Leonie ist mit ihre Bruder in die Zoohandlung«, sagt er mit italienischem Akzent. »Ein neues Meerschweinchen aussuchen.«
Leonie kriegt ein neues Meerschweinchen? Davon hat sie gar nichts erzählt. Ihr altes Meerschweinchen ist vor ein paar Wochen gestorben, seitdem hofft und betet sie, dass sie sich wieder eins anschaffen darf. Wahrscheinlich haben sich ihre Eltern eben beim Mittagessen erbarmt. Oder sie wusste schon länger davon, ist aber bloß nicht dazu gekommen, mir davon zu erzählen. Weil ich immer nur mit meinem Jette-Kaspar-Kram beschäftigt war …

Ich bedanke mich und lege auf. Was nun? Bei Alina brauche ich es gar nicht erst zu probieren; sie muss heute zum Zahnarzt. Christi hat sich zwar als ganz nett entpuppt, fällt aber dennoch als Ausheulstelle flach. Mit ihr plötzlich auf ganz dicke machen – das kann ich meinen besten Freundinnen nicht antun.

Omi Olga! Schon habe ich den Telefonhörer wieder in der Hand und wähle ihre Nummer. »Omi, bist du dran?«, hechele ich wie ein asthmatischer Hund.

»Nein, du sprichst nur mit meinem Geist.«

»Mann, Omi!«

»Natürlich bin ich dran, wer sonst? Was gibt's, Kleines?«

»Hast du gerade was zu tun?«

»Na, und ob. Im Moment probe ich gerade meine Bauchtanznummer und höre ein bisschen die Stones.«

»Ach so«, entgegne ich matt, dann frage ich sie, ob es okay wäre, wenn ich kurz vorbeikommen würde.

»Ich freue mich immer über deinen Besuch, mein kleiner Schmetterling, das weißt du doch. Allerdings passt es im Moment gerade ganz schlecht.«

»Okay, dann besuche ich dich eben ein andermal«, bringe ich noch hervor, bevor ich plötzlich in Tränen ausbreche. Ich weiß, es ist albern und total überflüssig, wie ein Kleinkind loszuflennen, aber es geht nun mal nicht anders.

»Mia?« Omi Olga klingt so weit weg, als befände sie sich in einem anderen Sonnensystem.

»Ja?«
»Du wischst dir jetzt die Tränen ab und nimmst den nächsten Bus, einverstanden? Ich setze inzwischen Teewasser auf. Plätzchen sind auch noch da.«
Eine knappe halbe Stunde später hocke ich auf Omi Olgas Sofa mit dem Seerosenbezug, futtere Anisplätzchen und fühle mich, als hätte ich niemals Kummer gehabt. Das ist natürlich Quatsch. Kummer löst sich nicht wie von selbst auf, nur weil man bei seiner vom Bauchtanz erhitzten Großmutter unterschlüpfen durfte. Jette ist nach wie vor sauer auf mich und ich bin sauer auf sie und vielleicht werden wir in diesem Leben nie wieder auch nur ein einziges Wort miteinander reden.
»Mia, Liebes, wo drückt der Schuh? Warum hast du eben geweint?« Meine Großmutter fegt ein paar Zeitschriften und Bücher vom Sessel, dann lässt sie sich hineinfallen. Zum Glück trägt sie heute eine stinknormale Jogginghose und ein langärmeliges Schlabber-T-Shirt.
»Mein Schuh drückt nicht«, erwidere ich. »Ich hab geweint, weil alles so furchtbar ist.«
Omi Olga lacht. Sie hat beneidenswert weiße Zähne. Wenn ich es nicht besser wüsste, würde ich glauben, dass sie nie Süßigkeiten anrührt. »Und warum ist alles so furchtbar?«
»Weil ich mit meiner besten Freundin Zoff habe! Wegen meinem Tagebuch und Mr Rülps.«
Omi Olga schnappt sich ein Plätzchen, doch statt es

aufzuessen, dreht sie es bloß nachdenklich zwischen den Fingerspitzen und schnuppert daran. »Aha«, meint sie dann, während der Keks endlich in ihrem Mund verschwindet. »Mr Rülps. Das klingt wirklich nach ganz schrecklichen Problemen.«

Ich nicke eifrig und stärke mich auf die Schnelle mit einer Schokokugel, bevor ich ihr die ganze Geschichte erzähle. Angefangen bei meinem verloren gegangenen Tagebuch bis zur Kussattacke, dem Zoff mit Jette und wie ich Kaspar am Ende einen Kaugummi an den Pulli geklebt habe.

Statt sofort mit einem superschlauen Ratschlag rüberzukommen, schweift Omi Olgas Blick an die Decke und bleibt dort am rosa schimmernden Kronleuchter hängen. »Ganz schön verstaubt, das Ding, nicht wahr?«

»Omi!«, jaule ich. »Mehr hast du nicht dazu zu sagen?«

»Wart's ab!« Im nächsten Moment muss ich mit ansehen, wie sie sich auf einen Stuhl hievt und mit einem zerfledderten Papiertaschentuch den Leuchter abzustauben versucht. Was nicht mal ansatzweise gelingt, weil meine Omi zwergenhaft gewachsen ist.

»Soll ich mal?«, biete ich mich großzügig an, auch wenn ich nicht einen Millimeter größer als sie bin.

»Kommt ja gar nicht in Frage. Du könntest runterfallen und dir was brechen.«

»Aber du nicht, was? Ich denke, bei alten Leuten sind die Knochen so pompös.«

»Porös heißt das. Wenn schon …« Omi Olga steigt vom Stuhl runter und maßregelt mich mit einem strengen Blick. Das mit dem *alt* hätte ich wohl besser nicht sagen sollen. Immerhin tanzt sie noch und macht auch sonst ziemlich viele Dinge, die nicht mal meine Mami mehr fertig bringen würde. (Zum Beispiel Männer anflirten.)
»Also weiter im Text.« Omi Olga setzt sich wieder, diesmal lässt sie ihre kurzen Beine über die Sessellehne baumeln. »Dass du Kaspar bloßgestellt hast«, sagt sie nachdenklich, »das war wirklich sehr mutig von dir, Mia. Der junge Mann wird sich nie wieder an deinem Tagebuch vergreifen, so viel steht fest. Und er wird es auch nicht noch einmal wagen, Intimitäten daraus auszuplaudern.«
Hoffentlich behält meine Großmutter Recht. Kaspar ist so ziemlich alles zuzutrauen.
»Aber die Sache mit deiner Freundin … hm …« Omi Olga nippt an ihrem Tee. »Also, das ist schon ein bisschen komplizierter.«
Ich seufze laut. Genau das habe ich befürchtet! Offen gestanden kenne ich kaum jemanden, der so schnell einschnappt wie Jette. Was aber, wenn sie nie wieder ausschnappt?
»Lass uns mal überlegen«, brummt Omi Olga. »Jette ist zutiefst gekränkt, richtig?«
»Klar ist sie das. Aber sie *hat* nun mal Starallüren, das ist bloß die Wahrheit!« Ich muss husten – vielleicht wegen der vielen Staubteilchen von Omi Olgas Kronleuchter.

»Außerdem dachte ich immer, dass man alles in sein Tagebuch schreiben darf, was einem so durch den Kopf geht!«
»Keine Frage, dafür sind Tagebücher da.« Omi Olga isst ein weiteres Plätzchen. »Aber überleg mal: Wie würdest du es finden, wenn Jette über dich schreiben würde, dass du ... sagen wir ... dass du unzuverlässig bist und außerdem ständig in der Nase bohrst?«
»Ich bin nicht unzuverlässig«, protestiere ich. »Und ich bohre auch nicht ständig in der Nase! Ich bohre überhaupt nie in der Nase!«
»Aber nur mal angenommen!«
»Das ist Quatsch. Der Vergleich hinkt doch total!«
»Also gut. Dann zäumen wir das Pferd andersrum auf. Was für schlechte Eigenschaften hast du deiner Ansicht nach?«
»Keine Ahnung.« Wie peinlich! Wie kann Omi Olga mich nur so was fragen!
»Na, hopp!«, beharrt sie. »Wir sind schließlich unter uns. Ich bin zum Beispiel schrecklich neugierig. Und gefräßig. Und spanne meinen Freundinnen gerne die Liebhaber aus – sofern sie hübsch sind.«
Ich muss lachen. Meine kugelrunde Omi und hübsche Liebhaber!
»So, jetzt bist du dran.«
»Manchmal erzähle ich Geschichten, die nicht so ganz stimmen«, gestehe ich.

»Ach ja?« Omi Olga lächelt spöttisch.
»Ja!«
»Warum denn?«
»Einfach so aus Spaß!«
»Nicht vielleicht auch, um dich ein bisschen wichtig zu machen?«
»Nein!«, entfährt es mir, doch sobald ich auch nur einen Moment darüber nachgedacht habe, muss ich zugeben, dass Omi Olga vielleicht sogar ein bisschen Recht hat. Wenn man spannende Lügengeschichten erfindet, hören einem die Leute total gebannt zu. So wie Christi, als ich mit meiner Urgroßmutter, der angeblichen Märchenerzählerin, angegeben habe.
»Wie auch immer ... Stell dir bloß mal vor, Jette hätte genau das über dich in ihr Tagebuch geschrieben, Kaspar hätte es heimlich gelesen und würde es dir nun stecken. Na? Wie fändest du das?«
»Grässlich.«
»Obwohl es der Wahrheit entspricht?«
Ich nicke. Worauf will Omi Olga eigentlich hinaus? Sie ruckelt auf ihrem Po hin und her und fährt fort: »Manchmal tut es einfach weh, wenn die Menschen einem die Wahrheit ins Gesicht sagen. Eben als du mir die porösen Knochen unterstellt hast, wollte ich das lieber auch nicht hören. Obwohl du damit ganz sicher nicht falsch liegst.«
»Und was soll ich jetzt tun? Mich dafür entschuldigen,

dass ich bloß geschrieben habe, was ich wirklich denke? Oder Jette vorlügen, dass ich das alles gar nicht so gemeint habe?«

Omi Olga zieht ihre Nase kraus. »Wenn du mich fragst … Lügen machen die Sache bestimmt nicht besser, ganz im Gegenteil. Jette muss aushalten, dass du genau diese Meinung über sie hast. Und du musst lernen, zu deiner Meinung zu stehen.«

»Na, toll«, grunze ich. »Das heißt mit anderen Worten, dass unsere Freundschaft zu Ende ist.«

»Aber wieso? Freunde haben nun mal verschiedene Ansichten. Freunde streiten auch. Das Geheimrezept ist, dass man sich gegenzeitig in seinem Anderssein akzeptiert, verstehst du? Dann hat man gute Voraussetzungen, gemeinsam wieder von vorne anfangen.«

»Steht das in deinen goldenen Blättern?«

»Nein, das steht hier.« Omi Olga tippt sich gegen die Stirn. »Schon tausendmal erlebt.«

»Und warum bist du dann damals nicht mit Opa zusammen geblieben?«

»Weil sich der Gute – Gott hab ihn selig – in eine andere verliebt hat, das weißt du doch. Eine, die jünger, schöner, schlanker, weiß-der-Himmel-was war. So, und jetzt will ich nie wieder ein Wort über Opa hören.«

Ich nicke bloß und denke mir meinen Teil. Mein Opa ist zwar schon vor fünf Jahren gestorben, aber ich glaube, Omi Olga ist nie darüber hinweggekommen, dass er sie damals gegen ein jüngeres Modell ausgetauscht hat. Was ich gut verstehen kann. Niemand will ausgetauscht werden. Ich würde auch nicht wollen, dass Jette mich gegen Christi, Meike oder Kaspar auswechselt.

»Hör zu, Mia.« Omi Olga beugt sich so weit zu mir rüber, dass ich die Härchen auf ihrer Oberlippe zählen kann. »Du musst auf jeden Fall noch mal mit Jette reden.«

»Aber was soll ich ihr sagen?«

»Dass dich ihre Starallüren zwar ziemlich nerven, dass du sie aber trotzdem sehr, sehr gern hast und auf keinen Fall auf eure Freundschaft verzichten möchtest.«

»Sie wird mir die Augen auskratzen!«

»Dann gib ihr Zeit, sich zu beruhigen. Manchmal bringt es schon was, wenn man einfach ein bisschen Gras über die Sache wachsen lässt.«

Gras über die Sache wachsen lassen ... Ich hoffe, Omi Olga hat Recht und Jette wächst bald eine ganze Blumenwiese auf ihrem Sturkopf.

Hauptsache, sie verzeiht mir.

Hauptsache, wir sind eines Tages wieder beste Freundinnen.

Hotel Hansen

Am nächsten Morgen fühle ich mich krank. Nicht wirklich schlimm krank, aber doch so kraftlos, dass Mami und Papi mir heiße Schokolade, Orangensaft und ein belegtes Brötchen ans Bett bringen. Das ist prima, denn so kann ich besser über die Wahnsinnsidee nachdenken, die mir über Nacht gekommen ist. Ich will Jette einen Brief schreiben, in dem ich ihr alles erkläre. Ein Brief ist zwar altmodisch, aber ganz bestimmt schöner als eine SMS oder ein Telefonat. Finde ich. Ich hoffe, dass auch Jette das finden wird. Einfach, weil wir früher auch immer die gleichen Sachen gut gefunden haben.

Kaum ist Lena aus dem Zimmer, krieche ich aus dem Bett, reiße eine Seite aus meinem Matheheft und lege los:

Liebe Jette,

bestimmt wunderst Du Dich, dass ich Dir einen Brief schreibe. Ich finde es ja selbst komisch, weil ich Dir nie Briefe schreibe, aber ich weiß einfach nicht, wie ich es Dir

anders sagen soll ... Ich meine, ohne dass wir uns gleich wieder in die Haare geraten. Du sollst nur eins wissen: Was auch immer ich über Dich geschrieben habe, Du bist und bleibst meine beste Freundin und ich will auch nicht, dass sich daran etwas ändert. Ich mag Dich einfach so, wie Du bist – mit Starallüren oder ohne, mit Frauen-BH oder ohne. Bitte, bitte sei mir nicht mehr böse!
Deine Miss Butterfly

PS. Ruf mich an, wenn Du diesen Brief gekriegt hast, und sag mir, was Du darüber denkst. Oder schreib mir zurück. Ganz wie Du magst.

Wenig später sieht Mami nach mir. Ich habe den Zettel inzwischen in einen hübschen rosa Umschlag gesteckt und mich mit ein paar Büchern ins Bett gelegt.
»Mia, du glühst ja richtig! Hast du Fieber?«
In diesem Moment spüre ich es auf einmal auch. Mein Kopf ist heiß und in ihm dröhnt es, als hätte er eingebaute Lautsprecherboxen. Obwohl krank sein nicht besonders komisch ist, muss ich kichern. Heute Morgen bin ich mehr aus Bequemlichkeit im Bett geblieben, jetzt hat mich die Wirklichkeit mit Siebenmeilenschritten eingeholt.
»Was gibt's da zu lachen?«, will Mami wissen.
»Ach, nichts«, wiegele ich ab und behalte auch für mich, dass es mir nur ganz recht wäre, ein paar Tage im Bett zu vertrödeln.

Mami setzt sich zu mir auf die Bettkante und fragt mich wie eine Ärztin aus: »Hast du Halsweh, Mia? Husten? Schnupfen, Bauchweh?«
»Nur Kopfweh«, stöhne ich, während ich in die Kissen zurücksinke und mir vornehme, mich für den Rest des Tages nicht mehr zu bewegen.
»Dann schlaf einfach ein bisschen. Oder magst du noch einen Tee?«
»Oh ja! Den mit Vanille.«
»Sonst noch was?«
Da Mami schon mal auf Hotel Hansen macht, ordere ich gleich noch ein paar Nusskekse und die Programmzeitschrift – mal gucken, ob irgendein netter Film im Fernsehen läuft.
Knappe zehn Minuten später sind alle Bestellungen eingetroffen. Gratis dazu gibt es ein Fieberthermometer, eine Wärmflasche und ein zweites dickes Kissen, das Mami mir in den Rücken schiebt.
»Wenn was ist, ich bin unten bei einem Kunden.«
»Okay. Kann einer von euch später bitte den Brief einwerfen?«
Neugierig nimmt Mami den rosafarbenen Umschlag und dreht ihn in den Händen. »Seit wann schreibst du Briefe?« Ihr Blick fällt auf die Anschrift: »Jette? Du schreibst Jette? Wieso das?«
»Weil wir uns gestritten haben.«
Ich erzähle meiner Mutter von dem Eintrag in meinem

Tagebuch, dass Kaspar alles gepetzt hat und Jette nun wie Hölle beleidigt ist.

»Moment mal – ich denke, du hast deinen Klassenkameraden bloß geküsst, um ihm eine Lehre zu erteilen. Und dann plaudert er trotzdem alles aus?« Mami geht zum Fenster und lässt die himmelblaue Gardine zurückfluten.

»Er hatte Jette schon vor dem Kuss alles verraten.«

»Auweia, dumm gelaufen. Aber der Brief ist eine gute Idee.« Den Umschlag schwenkend geht sie zur Tür. »Dann drücke ich dir mal ganz fest die Daumen!«

Nachmittags schnellt mein Fieber in die Höhe. Erst klappere ich mit den Zähnen, dann fange ich so sehr an zu schwitzen, dass Mami gleich zweimal die Bettwäsche wechseln muss. Schluss mit dem gemütlichen Herumgammeln im Hotel Hansen. Immer wieder döse ich weg und tauche in wirre Träume ein. Mr Rülps und Jette kommen auch drin vor, doch am nächsten Morgen kann ich mich kaum noch an etwas erinnern. Außer dass Jette lebenslang eine glasbausteindicke Brille tragen musste (und deswegen auch kein Supermodel werden konnte) und Mr Rülps mitten im Unterricht auf die Größe einer Kröte geschrumpft war.

Gegen Abend schaut netterweise unser Hausarzt Dr. Maison vorbei, um mir in den Hals zu gucken, meine Lymphknoten abzutasten und auf meinem Bauch herumzudrücken.

»Tja, mein Fräulein«, sagt er am Ende der Untersuchung. »Da hast du dir einen lustigen Virus eingefangen. Aber ein paar Tage Bettruhe und du bist wieder fit wie ein Turnschuh.«
Ich weiß zwar nicht so genau, was lustige Viren sind und wie man sie sich einfängt, doch mein messerscharfer Verstand sagt mir, dass nur einer schuld sein kann: Mr Rülps! Den Mund-zu-Mund-Kontakt mit ihm hat mein armer Körper einfach nicht verkraftet.

Die nächsten beiden Tage dämmere ich bloß vor mich hin. Meine Geschwister und meine Eltern schneien ab und zu in meine Virenhöhle herein und versuchen mich aufzuheitern, aber erst am Morgen des dritten Tages kehren meine Lebensgeister langsam wieder zurück. Nach einem kleinen Frühstück im Bett dusche ich, dann mache ich es mir mit meinem Lieblingsschmetterling aus Glas und einer heißen Schokolade vor dem Fernseher im Wohnzimmer bequem. Wenn Jette auf meinen Brief geantwortet hat, müsste er heute eintrudeln. Kaum denke ich daran, schlägt mein Herz Purzelbäume …
Gegen elf klappt endlich der Briefkasten, endlich! Ich schäle mich so ungestüm aus meiner Wolldecke, dass ich mich mit den Füßen darin verheddere, auf den Teppich purzele und meinen Kopf am Couchtisch stoße. Mir die

Stirn haltend (Hilfe, Beulengefahr!) haste ich zur Tür, dann klaube ich mit zittrigen Händen vier Briefumschläge vom Boden. Der erste Brief ist an Papi adressiert, der zweite ebenfalls, der dritte an Mami, der vierte ist Werbung. Die Enttäuschung sackt wie ein Wackerstein in meinen Magen.

Jette, was soll das? Warum lässt du mich nur so hängen? Wir waren doch mal beste Freundinnen! Ganz dicke und mit allem Drum und Dran!

Den Rest des Vormittags verbringe ich schlecht gelaunt und traurig vor dem Fernseher. Nach dem Mittagessen schnappe ich mir gleich das Telefon und rufe Leonie an, um mich nach Jette zu erkundigen.

»Bist du wieder richtig gesund?«, fragt Leonie.

»So halbwegs.«

»Wie schön! Wir haben dich alle ganz doll vermisst.«

»Jette auch?«, hake ich vorsichtig nach.

»Hm. Keine Ahnung«, kommt es leise aus dem Hörer.

»Aha. Ach so. Wie ist sie denn so drauf?«

»Eigentlich ganz normal. Wie immer.«

Das zu hören tut weh. In meiner Fantasie habe ich Jette todunglücklich und mit rot geweinten Kaninchenaugen vor mir gesehen. Weil sie es eben auch nicht so locker nimmt, dass wir Zoff miteinander haben.

»Hat sie auch von mir gesprochen?«

»Soll ich ehrlich sein?«

»Ja, natürlich!«

»Nein. Hat sie nicht.«

Wieder fühle ich den Brocken der Enttäuschung in meinem Bauch. »Und von einem Brief hat sie zufälligerweise auch nichts gesagt?«

»Was für ein Brief?«

»Na, den, den ich ihr geschrieben habe«, gestehe ich Leonie kleinlaut. In meinen komatösen Krankheitstagen habe ich einmal mit ihr telefoniert, den Brief jedoch mit keinem Wort erwähnt. Weil ich wollte, dass er Jettes und mein Geheimnis bleibt.

»Du hast ihr einen Brief geschrieben?«, fragt Leonie jetzt in einem Tonfall, als hätte ich Jettes Po geteert und gefedert.

»Ja! Weil Jette doch so eingeschnappt ist … und manchmal … also ich finde … Geschriebenes wirkt einfach besser … besonders, wenn man Tinte nimmt … da dachte ich …«

»Dass Jette schneller wieder normal tickt, wenn sie einen Brief in Schönschrift von dir kriegt?«, unterbricht Leonie mein Gestammel.

»Ja! Aber wahrscheinlich ist ihr selbst das wurscht.«

»Hör mal, Mia«, sagt Leonie. »Du weißt doch, dass Jette und ich uns nicht immer ganz grün sind. Deswegen hat sie mir bestimmt nichts gesagt.«

Das kann schon sein, doch als ich kurz darauf Alina anrufe, kommt sie mir auch bloß damit, dass Jette in der Schule ganz normal war. Bin ich denn etwa die Einzige,

der es weh tut, dass unsere Freundschaft gerade den Bach runtergeht? Vielleicht hat Jette ja nicht mal ein Problem damit, mich heute beim Ballett gegen Helena und Nienke auszutauschen. Hauptsache, sie muss sich nie wieder mit mir abgeben …
Schlapp wie nach einem 1000-Meter-Lauf verkrieche ich mich danach wieder im Bett, doch dort ist es nerviger als in einer Spielhölle in Las Vegas. Seit meine Schwester vom Mittagstisch aufgestanden ist, spielt sie ein Computerspiel, das sie lautstark mit *uurrrg!*, *uaahhhhh!*, *beng!* und *boing!* untermalt. Am meisten ärgert mich daran, dass Lena nicht mal einen Finger für die Schule krumm zu machen braucht und trotzdem nur gute Noten nach Hause bringt.
»Kannst du vielleicht mal still sein?«, kläffe ich Richtung Stoffvorhang und lege mein Buch weg.
»Jaaaaa … Gleiheich!«, tönt es zurück. »Zsssschhhhhhh! Pffffff! Zaaaawummmmmm!«
»Nein, jetzt sofort! Ich bin noch krank!«
»Aber nicht zu krank, um stundenlang zu telefonieren!«
»Hast du gar keine Angst, langsam zu verblöden?«
»Solange ich einen Durchschnitt von 1,3 habe …« Gekicher dringt zu mir rüber. »Nö!«
»Pute!«, fahre ich sie an.
»Zimtzicke!«
»Dummnuss!«
»Pappnasengesicht!«

»Kinder, was streitet ihr denn schon wieder?« Papi kommt auf Socken ins Zimmer geeilt.
»Ich streite mich ja gar nicht!«, meckert Lena.
»Ich mich auch nicht«, gebe ich zurück.
Papi schlägt den Stoffvorhang beiseite. »Lenchen, du hast für heute genug gespielt. Mach die Kiste aus, ja?«
»Manno!«, nölt sie. »Das ist ja wie im Gefängnis hier!«
»Du kannst ruhig mal auf deine Schwester Rücksicht nehmen. Hast du keine Hausaufgaben auf?«
»Schon fertig!«
Das ist eine glatte Lüge. Es sei denn, Lena ist jetzt schon so überfliegermäßig gepolt, dass sie beides kann: am Computer daddeln und Hausaufgaben erledigen.
Papi lässt sich jedoch nicht vom Gejaule meiner Schwester erweichen und bleibt so lange bei ihr stehen, bis sie den PC endlich runtergefahren hat. Eins zu null für mich. Endlich breitet sich himmlische Ruhe aus. Ich nutze den Moment, fische mein Tagebuch unter dem Kopfkissen hervor, schlage es auf und schreibe:

Was heißt das eigentlich, beste Freundin? Ich meine, am Beispiel von Jette, Alina und Leonie. Warum war Jette bisher immer meine allerliebste Freundin? Warum haben Alina und Leonie immer nur die zweite Geige gespielt? Wo sie doch oft viel netter sind als Jette?
Hm …

Ich überlege eine Weile.

Weil ich darauf keine Antwort weiß, hier erst mal ein paar allgemeine Fakten:

- *Die beste Freundin ist immer für einen da, wenn man sie braucht.*
- *Man kann mit ihr genauso lachen wie weinen und sie hört einem immer zu.*
- *Wenn sie nicht da ist, vermisst man sie, was ganz schön weh tun kann (ähnlich wie Liebeskummer?).*
- *Die beste Freundin ist nicht missgünstig, ganz im Gegenteil: Sie freut sich mit einem, auch wenn sie selbst gerade keinen Grund zur Freude hat (zum Beispiel, wenn man eine Eins geschrieben, sie selbst aber die Arbeit verhauen hat).*
- *Mit der besten Freundin kann man über alles, wirklich ALLES reden.*
- *Die beste Freundin verzeiht einem, wenn man mal Mist gebaut hat.*

»Was schreibst du da?«
Ohne dass ich es mitgekriegt habe, hat sich Lena angeschlichen und versucht mir über die Schulter zu spähen.
»Blödsinn. Ich schreibe einfach nur Blödsinn.« Schwups klappe ich das Heft zu und verstecke es unter der Bettdecke.

»Und warum?«
»Weil ich doof bin.«
»Und warum bist du doof?«
»Ich bin so geboren. Kann nichts dafür.«
Lena kichert. Sie scheint gar nicht mehr sauer zu sein, dass sie meinetwegen auf ihr Computerspiel verzichten musste.
»Sag mal, gehst du zufällig gleich in die Küche?«
»Zufällig nicht, aber absichtlich.«
»Bringst du mir ein paar Kekse mit?«
Lena nickt und läuft schon hinaus. Schnell überfliege ich das eben Geschriebene, finde aber, dass es wirklich nur Quatsch ist. Zumindest nichts, was auf Jette und mich zutrifft. Zum Beispiel kann Alina viel besser zuhören als Jette. Und wenn ich mal Beistand brauche, helfen mir Leonie und Alina ganz genauso. Was ist es also, was Jette zur besten, zur einzigen, zur allerliebsten Freundin macht?

- *Mit Jette kann man kichern, bis man scheckig anläuft.*
- *Mit Jette kann man Spaghettiwettessen machen (mit jeder Menge Tomatensoßeflecken auf dem T-Shirt).*
- *Mit Jette kann man Nächte durchquatschen und ist nicht sauer, wenn sie einen andauernd Miss Butterfly nennt.*
- *Mit Jette kann man sich nackt nebeneinander vor den*

Spiegel stellen, ohne dass es peinlich wird (zumindest ging das noch bis vor kurzem).

- *Mit Jette kann man Klingelstreiche machen und danach so lange lachen, bis man nicht nur scheckig anläuft, sondern gleich der Arzt kommen muss (Achtung, Lachkoller!).*

Bloß daran zu denken, ist so schrecklich schön, dass mir ganz wehmütig ums Herz wird.
»Mia, was hast du denn?« Lena ist hereingekommen und stellt eine Untertasse mit Schokokeksen auf der Bettdecke ab. Allerdings liegen dort nur drei Mini-Kekse, während sie in ihrer Hand gleich vier oder fünf bunkert.
»Weinst du?«
»Nee, ich hab mir bloß vorgestellt, ich würde eine Zwiebel schneiden«, schniefe ich.
Ich wette, meine Schwester wird mir gleich einen Vogel zeigen oder irgendeinen blöden Spruch ablassen, aber Pustekuchen. Sie setzt sich zu mir ans Bett, öffnet ihre kleine klebrige Hand und hält mir großzügig ihre Kekse hin. Mit der anderen Hand (die sich auch irgendwie klebrig anfühlt) kitzelt sie mein Kinn.
»Danke, Lenachen.« Ich stecke mir einen der Trostkekse in den Mund und bin plötzlich richtig froh, eine Nervensäge wie sie zur Schwester zu haben.

Funkstille, Freunde, Feinde

Zwei Tage später darf ich wieder in die Schule gehen. Eigentlich fühle ich mich, als könnte ich Bäume ausreißen, uneigentlich, als würde ich es nicht mal schaffen, die Samen einer Pusteblume wegzupusten. Und alles nur wegen Jette. Das Schlimmste, was passieren konnte, ist eingetroffen: Sie hat mir immer noch nicht geschrieben. Und angerufen hat sie auch nicht. Sie hat überhaupt nichts von sich hören lassen. Jetzt stehe ich fröstelnd an der Bushaltestelle, als sie als kleiner Punkt am Ende der Straße auftaucht. Wie üblich flattern ihre langen blonden Haare im Wind und auch sonst sieht sie aus wie immer. Außer dass sie keine Miene verzieht, als sie auf meiner Höhe ist.

»Hallo, Jette«, sage ich und spüre einen Kloß im Hals.

»Hallo.«

Pause, Pause, Pause.

»Alles klar?«, fahre ich fort. Ich habe mal gehört, dies wäre ein guter Satz, um jemanden zum Auftauen zu bringen, aber Jette grunzt nur ein halblautes *Mhm* in ihre Haarpracht. Wahrscheinlich will sie mir damit zu

verstehen geben, dass ich nichts weiter als eine entfernte Bekannte für sie bin. Das gibt mir einen Stich.
Im Schulbus sitzen wir wie sonst auch nebeneinander, doch immer, wenn sich unsere Schultern wie zufällig berühren, zuckt Jette zurück, als würde sie einen elektrischen Schlag kriegen oder sich an meinem Ärmel verbrennen. Einmal gucke ich zu ihr rüber und sehe, wie sie angeekelt das Gesicht verzieht. Ob ich nach Kuhdung rieche? Oder sie sonst irgendwie anwidere?
Auch in der Schule stehen alle Zeichen auf Schlechtwettergebiet. Während ich im Unterricht wie ferngesteuert Schmetterlinge in mein Heft male, grübele ich darüber nach, warum Jette gar nichts zu dem Brief sagt. Wie kann sie nur so nachtragend sein! So absolut verbohrt im Hirn!
Das einzig Gute ist, dass Kaspar so tut, als wären wir niemals wegen meines Tagebuchs aneinandergerasselt. In der Pause lächelt er mir sogar superfreundlich zu, was dazu führt, dass ich gegen den Schaukasten mit dem Falken rumse und mir schon wieder den Kopf stoße. Sofort ist er bei mir. »Hast du dir weh getan?«
»Nö«, sage ich und reibe mir die Stirn.
»Ähm.« Er macht nervöse Trippelschritte auf der Stelle. »Können wir mal kurz reden?«
Wenn du mir nicht ins Ohr rülpst, von mir aus, denke ich, spreche es aber nicht laut aus. »Okay!«
»Also.« Kaspar holt tief Luft, dann presst er hervor: »Tut

mir echt leid, dass alles so blöd gelaufen ist … Es war gemein, in deinem Tagebuch herumzuschnüffeln und auch noch daraus vorzulesen.«

Ich bin völlig von den Socken! Soll das hier so etwas wie eine Entschuldigung sein? Das hätte ich Mr Rülps nie im Leben zugetraut! Weil ich nicht weiß, was ich erwidern soll, gucke ich mir den Falken so interessiert an, als wäre er gerade eben erst in den Schaukasten geflattert.

»Ich war nur so sauer auf dich«, fährt er fort, »weil du neulich bei der Englischarbeit extra dick deinen Arm vor dein Heft gelegt hast.«

»Ich hab was?« In meinem Hirn blinken mehrere Fragezeichen gleichzeitig auf.

»Na, du wolltest doch nicht, dass ich abschreibe.«

»So ein Quatsch!«, protestiere ich lautstark. »Du kannst bei mir abschreiben, soviel du willst. Das neulich … das hab ich echt nicht gemerkt!«

Mr Rülps' Kopf wackelt wie batteriebetrieben auf und ab. Keine Ahnung, ob er mir glaubt oder nicht, aber ich hoffe es stark. Weil es nun mal die Wahrheit ist!

Ich will mich schon vom Acker machen, da höre ich Kaspar in der Nähe meines Ohres nuscheln: »Sag mal … Ist das wirklich so schlimm mit meinem Gerülpse?«

»Weiß nicht«, antworte ich genauso undeutlich. Ehrlich gesagt bin ich mir gar nicht mehr so sicher, ob Kaspar wirklich ständig rülpst. Seit ich mit ihm hier herumstehe, hat er es jedenfalls kein einziges Mal getan.

»Vielleicht sollte ich weniger Getränke mit Kohlensäure trinken«, schlägt er vor.
»Mhm, gute Idee.« Langsam wird mir seine Nettigkeit richtig unheimlich. Vielleicht ist er heute Morgen ja aus Versehen in das Weichspülprogramm einer Waschmaschine geraten. Anders kann ich mir das kaum erklären.
»Also, dann«, sage ich und strecke ihm meine Hand hin, »Indianerfrieden?« Nicht dass er gleich noch von dem Kuss und dem Kaugummi auf seinem Sweatshirt anfängt.
»Indianerfrieden.« Kaspar nimmt meine Hand, drückt sie mit seinen schwitzigen Fingern und dann werden wir Gott sei Dank vom Klingelzeichen erlöst.

Ballett schwänze ich an diesem Nachmittag (fühle mich noch nicht ganz fit), stattdessen verspreche ich Alina, sie zum Fußballballverein zu begleiten. Sie hat ganz fest vor, sich beim Training anzumelden, traut sich allerdings nicht, allein hinzugehen.
»Herrje«, stöhnt sie, als wir zusammen in den Schulbus steigen. »Bei dir und Jette ist aber wirklich der Wurm drin!«
»Das kannst du wohl laut sagen. Und zwar ein Riesenwurm!«
Auch wenn das eigentlich kein bisschen komisch ist,

gackert Alina los, dann sagt sie mit wieder besorgter Miene: »Hoffentlich vertragt ihr euch endlich. Ich mag es nicht, wenn meine Freundinnen zerstritten sind.«

»Alina, weißt du was?«, seufze ich. »Ich glaub, es ist aus zwischen uns. So wie bei der Triefnase ... Als der neulich diese blondierte Flamme hatte. Und dann war's plötzlich – peng – vorbei.«

»Na, hör mal!«, protestiert Alina. »Ihr wart doch kein Liebespaar!«

»Na und? Glaubst du, das ist bei Freundinnenpaaren sehr viel anders?«

»Ich weiß nicht, aber ...« Alinas Hände fliegen in die Luft. »Mia, du kannst doch jetzt nicht einfach aufgeben! Das passt überhaupt nicht zu dir!«

»Ich hab alles versucht«, entgegne ich matt. »Mehr geht nicht. Schluss, aus, Ende.« Nie im Leben wird Jette auf mich zukommen, so wie es Kaspar heute getan hat.

Alina zieht ein betrübtes Gesicht, aber ich nehme mir vor, mir den Tag nicht von einer nicht mal anwesenden Jette vermiesen zu lassen. Dazu ist das Wetter auch viel zu schön. Die Sonne ist rausgekommen und scheint uns so warm auf den Pelz, dass Alina vorschlägt, ihre Anmeldung beim Fußball zu vertagen. Eis essen gehen, bummeln ... das wäre doch viel schöner.

»Von wegen! Du willst ja wohl nicht kneifen!«

»Also gut«, lenkt Alina ein.

So sitzen wir zehn Minuten später in einem müffelnden

Mehrzweckraum und warten auf die Trainerin. Alina knetet hibbelig ihre Hände, ich trommele ebenso hibbelig mit den Fingerspitzen auf die speckige Tischplatte vor mir.
»Auweia, das kann ja was werden«, grunzt Alina auf einmal mutlos. Sie ist manchmal so. Dann hat sie Angst, dass andere Menschen sie nicht mögen könnten. Wegen ihres Diabetes, wegen was auch immer …
»Nun wart doch erst mal ab!«, versuche ich sie aufzubauen, aber Alina fängt an zu jammern, dass das alles gar keinen Sinn machen würde, sie wäre doch eigentlich total unsportlich, ich solle mich nur dran erinnern, wie sie in der Fünften mal vom Reck geplumpst wäre …
Ihr Weltuntergangs-Gejaule wird von einer langbeinigen Frau mit kurzen blonden Haaren unterbrochen, die federnden Schrittes den Raum betritt. »Hallo, ich bin Bine. Die Trainerin.« Sie strahlt übers ganze Gesicht – bestimmt weil sie vorhat, Alina gleich wegen ihrer Unsportlichkeit zur Schnecke zu machen. »Okay, ihr wollt also Fußball spielen?« Sie fläzt sich in einen Korbstuhl, lässt die Beine über die Lehne baumeln und nimmt einen Schluck Wasser aus ihrer mitgebrachten Wasserflasche.
»Also ich nicht!«, protestiere ich gleich. »Ich bin nur mit meiner Freundin mitgekommen.«
»Das klingt ja fast, als hättest du was gegen Fußball?«
»Nein, ich …«

»Mia ist mehr so die Ballettratte«, kommt Alina mir zu Hilfe.

»Schade eigentlich.« Die Trainerin scannt mich von oben bis unten, was mir richtig peinlich ist. »Du wirkst sehr kräftig. Und muskulös. Beste Voraussetzungen für den Ballsport.«

»Mhm«, mache ich bloß und betrachte meine kurzen Fingernägel, als hätte ich sie noch nie gesehen. Wenn ich ehrlich wäre, müsste ich jetzt sagen, dass ich hauptsächlich meiner besten Freundin zuliebe zum Ballett gehe, die im Moment allerdings gar nicht mehr meine beste Freundin ist, und weil das so schrecklich weh tut, könnte ich ebenso gut mit meiner zweitbesten Freundin Fußball spielen, aber meine Kehle ist wie zugeschnürt.

»Und ich?« Alinas Stimme klingt wie mit Wasser verdünnt. »Dann bin ich bestimmt ungeeignet, oder?«

»Nein, nein!«, beeilt sich Bine zu sagen. »Du wirst sehr schnell Muskeln aufbauen, wenn du erst regelmäßig zum Training kommst. Was hast du bisher so gemacht?«

»Eigentlich nur Schulsport.« Alina senkt den Kopf und bohrt verzweifelt ihren kleinen Finger in eine dünne Stelle ihrer Jeans. »Ich war in letzter Zeit öfter krank.«

Los, sag's ihr, Alina, mach schon! Ich stoße sie unauffällig in die Seite.

»Diabetes«, murmelt Alina. »Ich habe Diabetes.«

Bine zieht die Stirn kraus, dann gesteht sie, damit noch nie in Berührung gekommen zu sein.

»Kein Problem«, springe ich jetzt für Alina in die Bresche. »Es gibt da so ein Infoblatt. Das haben auch die Lehrer und alle in unserer Klasse gekriegt. Damit jeder weiß, was zu tun ist, falls Alina mal unterzuckert ist.«
Alina nickt wie ein Wackelhase und ergänzt: »Regelmäßiger Sport soll total gut für mich sein. Sagen die Ärzte.«
Die Sorgenstirn der Trainerin entkräuselt sich langsam wieder. »Na, prima. Dann schlage ich vor, dass du zwei-, dreimal einfach so beim Training mitmachst und dich danach entscheidest, ob du zu uns in die Mannschaft kommen möchtest. Einverstanden?«
»Ja, das wäre toll!« Alina ist sichtlich erleichtert und fragt, wie so ein Training überhaupt ablaufen würde.
»Am Anfang gibt es immer eine Aufwärmphase«, erklärt Bine, »danach steht erst mal Technik auf dem Programm. Das heißt, ihr lernt verschiedene Schusstechniken, aber auch Sachen wie Linksfüßigkeit, den Ball jonglieren und werfen, korrekt mit der Brust oder mit dem Kopf annehmen und so weiter und so fort. Am Ende wird gespielt.«
»Und wonach richtet sich, wer welche Position einnimmt?«, hakt Alina nach.
»Das geht reihum. Jedes Mädchen muss alles können. Mittelfeld, Sturm, Verteidigung ... Auch als Torfrau bist du irgendwann mal dran.«
»Cool!« Alina strahlt wie ein Weihnachtsbaum.

»Es gibt allerdings einen kleinen Haken«, bringt Bine Alinas glänzende Augen für einen Moment zum Erlöschen. »Du würdest bei den D-Mädchen mittrainieren. Und die sind größtenteils schon ein bis zwei Jahre dabei, haben dir gegenüber also einen Riesenvorsprung.«
Doch Alina lässt sich nicht abschrecken. Sie will es probieren – koste es, was es wolle.

»Diese Bine ist richtig nett, oder?«, schwärmt Alina, als wir kurz darauf wieder auf der Straße im gleißenden Sonnenlicht stehen. Das heißt, meine Freundin steht nicht, sie schwebt.
»Ja, nett«, bestätige ich, bin aber mit meinen Gedanken schon wieder ganz woanders.
Alina mustert mich schräg von der Seite. »Sei ehrlich, du findest sie blöd, oder?«
»Nein! Ich muss nur die ganze Zeit an Jette denken. Tut mir leid.«
»Ist schon okay.« Alinas Hand krabbelt meinen Jackenärmel rauf. »Ich bin total froh, dass ich nicht allein gehen musste!«
Am nächsten Kiosk spendiert sie mir zum Trost ein paar Fruchtgummi-Flugzeuge (und sich selbst eine Apfelsaftschorle), danach bummeln wir noch ein wenig umher, gucken Schaufenster und reden über Jette und

ihr Star-Shooting. Alina erzählt, dass Jette in meiner Abwesenheit ständig damit angegeben hat. Modelposen im Klassenzimmer, haha!

»Wann genau ist der Termin?«

»Übermorgen?« Alina nuckelt nachdenklich an ihrem Strohhalm. »Ja, ich glaube, übermorgen.«

»Dann ist der Greifenzahn also wieder aus Honolulu zurück?«

»Heißt der nicht Greifenberg?« Alina kichert. »Also wenn du mich fragst, klingt das sowieso, als hätte Jette sich das alles nur ausgedacht.«

»Leider habe ich die schmierige Visitenkarte von dem Typen gesehen«, ächze ich. »Den Heini gibt es. Und Jette geht zu ihm in die Wohnung!«

»Meine Mutter würde das ja nie erlauben!« Mit einem gurgelnden Laut leert Alina ihre Schorle, dann wirft sie die Flasche in den nächsten Müllkorb.

»Jettes Eltern auch nicht. Sie haben nur das Pech, dass sie gar nichts von der Sache wissen.«

»Ehrlich? Auweia!« Alina zupft an meiner Jacke. »Sag mal, Mia, kannst du dich nicht einfach bei ihr einklinken und ein bisschen auf sie aufpassen?«

»Wieso ich? Sie redet ja nicht mal mehr mit mir! Geh du doch!«

»Ich hab's ihr ja schon angeboten, aber sie will nicht.«

»Dann hat sie eben Pech gehabt.« Soll Jette doch zusehen, wie sie zurechtkommt!

Ein paar angetrunkene Punks torkeln auf uns zu und betteln uns an, aber wir haben selbst kein Geld. Als sie vorübergezogen sind, sagt Alina: »Weißt du, was ich glaube?«

»Nö?«

»Dass sie insgeheim bloß darauf wartet, dass du sie noch einmal auf den Fototermin ansprichst. Weil sie möchte, dass du sie an ihrem großen Tag begleitest.«

»Wie kommst du darauf?«

»Weil … ach, keine Ahnung. Es ist einfach nur so ein Gefühl.«

Alina ist bekannt dafür, die feinsten Antennen der Welt zu haben und manchmal sogar das Gras wachsen zu hören, aber in diesem Fall liegt sie komplett daneben. Jette will nicht, dass ich mit zum Greifenzahn komme. Sonst hätte sie sich längst zu meinem Brief geäußert. Sie hätte überhaupt irgendetwas zu mir gesagt und nicht nur wie eine taubstumme steinalte Schildkröte vor sich hin geschwiegen!

Pech, Jette. Übermorgen ist tatsächlich ein großer Tag, aber leider nicht deiner. Omi Olga tritt als Bauchtänzerin auf – und wer das verpasst, ist selbst schuld.

Fix und fertig

Während Omi Olga uns weismachen wollte, dass ihre Tanzvorführung in der Staatsoper stattfindet, sitzen wir nun neben zirka 20 weiteren Leuten in einer Turnhalle auf Klappstühlen. Wir – das sind Mami (in Minirock und ausgeschnittenem T-Shirt), Papi (wie immer in Cordhose und kariertem Flanellhemd), Lena im Glitzer-Shirt, ich in meiner Lieblingsbluse mit den kleinen Schmetterlingen. Nur Lukas hat es mal wieder geschafft sich zu drücken. Ein Hundeblick aus seinen grünen Augen mit den langen Wimpern und schon darf er zu Hause bleiben. Aber eigentlich ist es mir auch piepegal. Ich will Omi Olga tanzen sehen, deswegen bin ich hier. Nicht, weil Mami oder Papi oder sonst wer es von mir verlangt hätte.
Tusch! Das Licht geht aus und die Bühne (ein von Turnmatten eingegrenzter Bereich) wird rosarot angeleuchtet. Nun sieht die Halle ein bisschen nach Puff aus, was dadurch nicht besser wird, dass überall Brokatkissen herumliegen und der Schwebebalken im Hintergrund mit Glitzertüchern verhängt ist. Orientalische Klänge

ertönen, dann tänzeln acht Frauen auf die Bühne – allen voran Omi Olga in dem Bühnenkostüm, das wir neulich schon bewundern durften. Zum Glück hat sie sich unseren Rat zu Herzen genommen und trägt unter ihrem neu genähten Pailletten-BH und dem Rock ein hautfarbenes Trikot, das ihren Bauch ein wenig im Zaum hält. Die restlichen sieben Frauen sind zwar nur halb so alt wie sie, aber auch nur halb so gut. Omi Olga ist der Knaller, der Star des Nachmittags! Ihre Hüften kreisen, ihre Arme schlängeln sich geschmeidig, ihr ganzer Körper biegt sich wie eine Lilie im Wind …

Mein Blick wandert zu Mami und Papi, die mit verklärten Mienen nach vorne starren. Nur Lena unterdrückt ein Gähnen und kramt geräuschvoll eine Tüte Gummibärchen hervor. Gerade als sie sich eine Handvoll in den Mund schütten will, fiept mein Handy. Wie peinlich! In der Schule kontrolliere ich jeden Morgen automatisch, ob das Gerät auch ausgeschaltet ist. Dass ich es jetzt vergessen habe, lässt sich allerhöchstens mit Omi Olgas Lampenfieber entschuldigen, das wohl auf uns alle abgefärbt hat. Papi sieht mich strafend an.

»Sorry«, flüstere ich und klicke die SMS im Sichtschutz meiner Jacke auf.

Jette!

Hilfe!!! Bitte komm schnell! Osterstraße 58, 1. Stock, Tür rechts, Jette

Mein Herz schlägt wie ein Trommelwirbel.

Das Shooting!

Greifenberg!

Hilfe!

Einen Moment lang bin ich wie gelähmt, dann raune ich Papi zu, dass ich ganz dringend wegmuss. Ich würde ihnen später alles erklären. Schon im nächsten Moment drängele ich mich durch die Reihe nach draußen. Ein bisschen tut es mir ja wegen Omi Olga leid, mir tut es sogar ganz schrecklich leid und ich hoffe, sie wird es mir nicht krummnehmen, aber Jette ist jetzt wichtiger.

Zirka hundert Schweißausbrüche später komme ich mit der U-Bahn an der Osterstraße an. Ich lasse das Kaufhaus rechts liegen, kurz darauf stehe ich vor Hausnummer 58. Und nun?

So mutig ich eben abgezischt bin, geht mir jetzt erst auf, dass ich a) keinen richtigen Plan habe und b) bloß ein elfjähriges Mädchen bin, das gegen einen erwachsenen Greifenzahn-Starfotografen nicht die geringste Chance hat.

Um überhaupt irgendetwas zu tun, rüttele ich an der Haustür. Abgeschlossen. Soll ich klingeln? Nur wo? Mein Blick flitzt über die Klingelschilder, doch nirgends taucht der Name Greifenberg auf. Im ersten Stock rechts wohnt eine Person namens Müller. Das kann alles und nichts bedeuten. Vielleicht hat sich Jette vertan und die falsche Hausnummer hingetippt oder der Greifenberg heißt in

Wirklichkeit Müller. Ein Deckname, bloß um Opfer in seine Wohnung zu locken?

»Na, mein Mädchen, kann ich etwas für dich tun?« Eine ältere, stark geschminkte Dame mit einer Parfumwolke zum Fürchten kommt die Stufen hinaufgehumpelt und zückt ihren Haustürschlüssel.

»Ja ... ich wollte ... Im ersten Stock rechts wohnt doch ...«

»Herr Müller, ja.«

»Das ist doch der mit dem tollen Fotostudio, oder?«, wage ich einen Vorstoß.

Die Dame spitzt ihr rotes Mündchen und schließt die Tür auf. »Fotostudio? Da bin ich überfragt. Soweit ich weiß, arbeitet Herr Müller bei der Sparkasse.«

Ich nicke nur und halte mich am Türrahmen fest.

»Willst du trotzdem mit rein?«

»Ja. Danke. Sehr nett!« Rasch schlüpfe ich hinter der Frau ins Haus.

»Und viele Grüße an den Herrn Nachbarn!« Sie zwinkert mir zu und verschwindet in ihrer Wohnung im Parterre.

Schwerfällig, als würde ich den Kilimandscharo erklimmen, steige ich die Stufen nach oben. Meine Gedanken fahren wilde Loopings. Wer mag nur Herr Müller sein? Bloß der nette Nachbar? Der Freund? Oder doch der widerliche Greifenberg? Ist Jette in der Wohnung oder ist sie es nicht? Vielleicht spielt meine Ex-Freundin ja auch nur ein ganz übles Spiel mit mir und kommt gleich feixend die Treppe hinabgepoltert, um mir *Ätschibätsch!* ins Ohr zu trompeten ...

Doch sosehr ich auch hoffe und bete, dass Jette mich bloß veräppelt, alles bleibt still. Essensgerüche hängen in der Luft, auf einer Stufe liegt eine zerquetschte Zigarettenschachtel, dann stehe ich vor Müllers Tür. Moment, da ist ein handgeschriebener Zettel angebracht. Fotostudio Greifenberg. Also doch!

Ich lausche – nichts zu hören. Ich presse mein Ohr dichter an die glatte, kühle Oberfläche. Da! War da nicht etwas? Ein ersticktes Hüsteln? Ein Röcheln? Nein, doch nicht. Einen Moment lang überlege ich noch, ob ich schnell wieder nach unten laufen und die ältere Dame als Verstärkung mitnehmen soll, als erneut erstickte Geräusche aus der Wohnung dringen, diesmal lauter.

In der nächsten Sekunde rumpelt und pumpelt es, als würden Möbel verrückt oder umgestoßen werden, eine tiefe Männerstimme ertönt, kurz darauf höre ich jemanden schluchzen.

Jette? Es kann nur Jette sein!

Und sie braucht mich!

Ich zähle bis drei, dann fasse ich mir ein Herz und drücke den Klingelknopf, gleichzeitig hämmere ich gegen die Tür und brülle: »Aufmachen! Machen Sie sofort auf!«

»Ruhe da draußen!« Die Männerstimme klingt reichlich ungemütlich, ja so gefährlich, dass mir flau wird.

»Aber … es brennt!«, fällt es mir in diesem Moment einfach so ein. »Feuer! Hilfe, es brennt!«
Sofort wird die Tür aufgerissen und ein rotgesichtiger Mann starrt mich an. Er sieht genauso aus, wie ich mir einen schmierigen Fotografen vorgestellt habe. Dann geht alles ganz ratzfatz. Eine blonde Person schießt pfeilschnell an mir vorbei, langt nach meiner Hand und zieht mich zum Treppenabsatz.
»Komm schon!«, brüllt Jette. »Schnell weg hier!«
»Ja, verschwinde nur, du kleines Biest!« Der Kerl schnauft und droht mit der Faust, dann poltern wir, so schnell wir können, die Treppe nach unten.
»Los, ins Kaufhaus«, japst Jette. »Da wird er uns nicht finden.«
Wir flüchten in die Wäscheabteilung, schnappen uns wahllos ein paar Sachen und tauchen in einer der Kabinen unter. Jette ist so kalkweiß wie das Nachthemd in ihrer Hand.
»Danke, Mia!« Erschöpft lehnt sie ihren Kopf gegen meine Schulter. »Ohne dich … Mensch, Miss Butterfly … Du hast mir das Leben gerettet, weißt du das?«
Mehr bringt sie nicht heraus. Stattdessen laufen auf einmal die Tränen. Auch ohne genau zu wissen, was in der Wohnung passiert ist, kann ich mir lebhaft ausmalen, dass es grässlich gewesen sein muss. Schlimmer als eine Doppelstunde Mathe bei der Triefnase, schlimmer als mit Kopfweh im Bett zu liegen, schlimmer als mit der

besten Freundin Zoff zu haben ... Erst eine gute halbe Stunde später wagen wir uns aus dem Kaufhaus. Jette hat inzwischen ein paar Taschentücher vollgeheult, aber immer noch keinen vollständigen Satz herausgebracht.
Für Notfälle habe ich immer einen Taxi-Geldschein in meinem Portemonnaie. Jetzt ist es Zeit, ihn zu benutzen. Wir winken ein Taxi und fahren zu Jette.
Nur schnell in ihr Zimmer. Tür zu.
»Er hat mich vorgestern auf meinem Handy angerufen«, beginnt sie stockend zu erzählen, »und gemeint, dass sein Kumpel Herr Müller ... also dass dieser Müller ein wirklich super Fotostudio hat ... Da könnte er richtig tolle Fotos von mir machen.« Jette krümmt sich auf ihrem Bett zu einer Schnecke. »Weil ich doch so eine außergewöhnlich schöne Mädchenhaut hätte. Und die käme ja erst bei der entsprechenden Beleuchtung zur Geltung.«
»Igitt! Und da ist bei dir nicht der Groschen gefallen?«
Jettes Miene bleibt ausdruckslos. »Nein. Er hat ja nicht mal was von *im Unterhemd* gesagt.«
»Unterhemd?!«, entfährt es mir so laut, dass ein Pfeifkonzert in meinen Ohren losgeht. »Jetzt sag bitte nicht, der Typ wollte dich im Unterhemd fotografieren!«
»Doch, ich glaub schon.« Jettes Schultern beginnen zu beben, dann laufen schon wieder die Tränen. »Mia, es war so ... schrecklich! Ich hab solche Angst gehabt!«
»Pscht«, versuche ich sie zu beruhigen. »Ist ja alles gut. Er kann dir nichts mehr tun.«

»Aber wenn er mir noch mal irgendwo auflauert?«, schluchzt sie.
»Damit das nicht passiert, musst du es nachher deinen Eltern erzählen.«
»Nie im Leben!«
»Jetzt sei nicht affig.«
»Aber sie werden total rummeckern und schimpfen und toben!«
Natürlich werden sie das. Ich würde Jette am liebsten auch gehörig auf den Topf setzen und verkneife es mir nur deshalb, weil ich froh bin, dass ihr nichts passiert ist und wir überhaupt wieder miteinander reden.
»Das ist völlig egal«, lasse ich nicht locker. »Ihr müsst den Typen anzeigen! Bestimmt bist du nicht das einzige Mädchen, bei dem er so was versucht hat.«
Wortlos wälzt sich Jette auf den Bauch. So liegt sie dann wie ein gestrandeter Fisch da. »Tut mir leid, dass ich so blöd zu dir war«, murmelt sie nach einer halben Ewigkeit in die rote Überdecke.
»Ich hab mich auch blöd benommen«, entgegne ich. Egal, wie sauer ich mal auf Jette war, jetzt will ich bloß noch, dass wir uns wieder versöhnen.
»Nein, du hast nur in dein Tagebuch geschrieben, was du denkst.« Sie hebt ihren Kopf ein paar Zentimeter, guckt jedoch schräg an mir vorbei. »Vielleicht hast du sogar Recht. Ich wollte einfach berühmt werden … So wie die vielen tollen Menschen im Fernsehen!« Sie verzieht ihr

Gesicht zu einer traurigen Grimasse. »Aber blöd, wie ich bin, falle ich auf den übelsten aller Fotografen rein.«

»Quatsch, hör auf. Das darfst du dir nicht einreden.«

»Es war aber so!«

»Und wenn schon. Dann hast du eben jetzt was draus gelernt. Und ich auch.«

»Verstehe ich nicht. Was hast du daraus gelernt?«

Ich überlege einen Moment, dann sage ich: »Dass man es einfach nicht zulassen darf, sich mit seiner besten Freundin zu streiten.«

Ganz langsam schleicht sich ein Lächeln in Jettes Gesicht. Es wird breit und breiter, bis sie wie ein Honigkuchenpferd strahlt. »Also …«

»Schwamm drüber?«

»Okay, Schwamm drüber!«

Wir besiegeln unsere wiedergeborene Freundschaft, indem wir uns gegenseitig ein wenig knuffen und umarmen. Danach gehen wir in die Küche rüber, um uns etwas zu essen zu holen. Erst jetzt merken wir, dass wir fast am Verhungern sind.

»Sag mal, Jette«, denke ich laut nach, während sie zwei Äpfel unter laufendem Wasser abwäscht. »Wieso hast du eigentlich nicht auf meinen Brief geantwortet? Hast du ihn etwa gar nicht gelesen?«

Jette dreht sich um und reißt die Augen auf. »Brief? Was denn für ein Brief?«

Ich glaube es nicht! Meine Freundin muss unter totalem

Gedächtnisverlust leiden. »Rosa Umschlag! Kariertes Papier!«, helfe ich ihr auf die Sprünge. »Na, klingelt's da nicht bei dir?«
Jette schüttelt den Kopf und wirft mir einen der beiden Äpfel zu. »Seit meine Großtante tot ist, habe ich nie wieder einen Brief gekriegt. Und schon gar keinen in einem rosa Umschlag.«
»Das gibt's ja wohl nicht!« Wie ein nasser Sack lasse ich mich auf einen Küchenstuhl plumpsen. Kein Wunder, dass Jette nie geantwortet hat. »Da schreibt man einmal im Jahrhundert einen Brief und die Post streikt«, schimpfe ich. »Oder der Briefträger ist zu blöd, euren Briefkasten zu finden!«
Jette kommt neugierig näher. »Was hast du denn geschrieben?«
Verlegen drehe ich den Apfel in meinen Händen. »Ich hab geschrieben, dass du …«, beginne ich zögerlich.
»Ja?«
»Dass du meine beste Freundin bist und auch bleiben sollst«, fahre ich fort. »Dass ich dich mit und ohne Starallüren mag. Und dass ich mir wünsche, dass du mir nicht mehr böse bist.«
Einen Moment ist es totenstill in der Küche. Dann beißt Jette in ihren Apfel, dass es nur so kracht.
»Und?«, frage ich verunsichert. »Was sagst du dazu?«
»Super.« Sie grinst. »Ich wollte immer schon mal einen rosa Brief kriegen.«

»Hättest du drauf geantwortet?«
Jette heftet ihren Blick an die Decke, wo eine kleine Spinne im Zickzack herumkrabbelt. »Na, klar«, sagt sie nach gefühlten hundert Jahren. »Wer auf so einen tollen Brief nicht antwortet, ist ja wohl selbst schuld.«
Dazu gibt es nichts weiter zu sagen.

Beim Abendessen sitzen wir alle zusammen: Mami, Papi, Lukas, Lena, Omi Olga und ich. Es gibt Schnittchen mit Gewürzgurken und Tomaten, außerdem von Omi Olga mitgebrachtes Sushi und fischig schmeckende Asia-Chips. Zum Glück ist meine Großmutter kein bisschen sauer, dass ich während ihrer Tanzvorführung abgedampft bin. Dazu rieseln viel zu viele Glücksbäche durch sie hindurch. Sie ist nämlich nach der Vorstellung von einer Frau angesprochen und gefragt worden, ob sie Lust habe, als Seniorenmodel bei Modenschauen aufzutreten. Grund dafür sind nicht nur Omi Olgas Eleganz und ihre Ausstrahlung, sondern auch ihre Kurven (sprich: ihr Bauch!). Was unter anderem deshalb gut ist, weil sich andere ältere Damen, die ebenfalls Kurven (und Bauch) haben, besser mit dem Model identifizieren können.
»Hoffentlich gerätst du dann nicht auch in die Fänge von dubiosen Fotografen«, wirft Papi besorgt ein.
»Keine Sorge, mein Junge! Wer mir an die Wäsche geht,

der wird was erleben.« Omi boxt in die Luft, was so komisch aussieht, dass wir alle vor Lachen losprusten. Alle außer Mami. Sie kann sich immer noch nicht wegen der Sache mit Jette beruhigen.

»Ich werde morgen auf jeden Fall Frau Joost anrufen«, sagt sie. »Dieser Mann muss angezeigt werden! Elfjährige Mädchen in Unterwäsche zu fotografieren … das ist strafbar! Wenn ich mir vorstelle, dir wäre so etwas passiert …!«

»Mir würde so was aber nicht passieren«, entgegne ich. »Mami, du weißt doch, dass ich mich nicht gerne fotografieren lasse.«

»Außerdem will sowieso niemand eine grottenhässliche Warzenkröte auf zwei Beinen ablichten«, wirft Lukas frech ein. »Du stehst ja nicht mal unter Artenschutz.«

»Idiot!« Ich knuffe ihn in den Oberarm. Schlimm genug, dass der liebe Gott ihn mit Schönheit nur so überschüttet hat, in Sachen Schlagfertigkeit hat er bei ihm auch nicht gegeizt.

»Dann hast du dich also wieder mit Jette vertragen?« Mami untersucht ihr Sushi-Röllchen skeptisch, als habe sie Angst, dass es ihr gleich quicklebendig in den Mund springen könne.

»Ja, alles wieder paletti.« Ich greife nach einer sauren Gurke und beiße zufrieden hinein.

»Da siehst du mal, was so ein altmodischer Brief alles bewirken kann.«

»Aber Jette hat ihn gar nicht gekriegt. Komisch, was?«
Mami hebt verwundert die Augenbrauen. »Das verstehe ich nicht. Dann hätte er aber zurückkommen müssen. Oder hast du den Absender vergessen?«
»Nein!«
»Moment mal …« Mamis Blick wandert zu Lukas, der im gleichen Moment schweinchenrosa anläuft. »Lukas?«
Schon springt mein Bruder auf und spurtet olympiareif aus dem Zimmer.
»Was soll das denn jetzt?«, frage ich irritiert.
Mami bugsiert das Sushi-Teil endlich in ihren Mund. »Ich hatte Lukas gebeten, den Brief einzuwerfen«, sagt sie kauend, »aber vielleicht …«
Bevor sie den Satz zu Ende führen kann, kommt Lukas mit einem Umschlag zurück. Der ist ziemlich rosa. Viel zu rosa, um bloß irgendein Umschlag zu sein.
»Das ist jetzt nicht wahr!«, rufe ich aus.
»Äh … tut mir leid … ich …« Lukas stottert wie ein kaputter Motor. »Den hat mein Ranzen wohl irgendwie verschluckt. Sorry.« Lukas klimpert entschuldigend mit seinen langen Wimpern.
Lena kichert, Mami grunzt, Papi gluckst und ich lasse meine Stirn auf die Tischplatte rumsen.
Was nützt einem der schönste Bruder der Welt, wenn er zu blöd ist, einen Brief einzuwerfen?

Meine fast perfekte Freundinnen-Welt

Es ist Donnerstag. Jette, Leonie, Alina und ich hocken auf meinem blau-weiß gestreiften Läufer und streicheln abwechselnd Leonies neues Meerschweinchen Horst, das sie ausnahmsweise in einer Transportkiste mitbringen durfte. Bis auf das hellbraune Hinterteil, dessen Farbton Jette freundlicherweise als *Durchfallbraun* bezeichnet, ist es komplett weiß. Zum x-ten Mal kauen wir die Fotografen-Schauergeschichte durch.

»Und deine Eltern waren überhaupt nicht sauer?«, fragt Alina ungläubig. »Nicht mal ein kleines bisschen?«

»Ich glaub, sie waren einfach froh, dass sie mich wiederhatten.« Jette streift mich mit ihrem Blick und setzt leise nach: »Ich meine, dass Miss Butterfly mich gerettet hat.«

»Das war wirklich mutig von dir, Mia.« Alina zwickt mich in die Seite. »Ich weiß wirklich nicht, ob ich mich getraut hätte, bei dem Mann zu klingeln.«

»Mir ist gar nichts anderes übrig geblieben.«

»Na ja, du hättest auch einfach wieder abzischen können.«

Jette lächelt mich wie ein Engel an und ich bin einfach nur heilfroh, dass zwischen uns alles wieder wie früher ist.
»Sag mal«, meldet sich Leonie zu Wort, »wie bist du eigentlich auf die Idee mit dem Feuer gekommen?«
»Keine Ahnung.« Ich stecke mir ein paar Gummibärchen in den Mund. »Vielleicht hat sie mir ja ein Geist zugeflüstert.«
»Ein guter Geist«, ergänzt Jette. »Ein supercooler Megageist!«
»Hoffentlich kommt der Kerl hinter Schloss und Riegel!«, wettert Leonie. »Das ist so was von ekelhaft!«
Gleich am Tag darauf sind Jettes Eltern zur Polizei gegangen und haben Herrn Müller von der Sparkasse angezeigt. Albert-Mario von Greifenberg gibt es in Wirklichkeit gar nicht, den Namen hat er sich bloß ausgedacht, um Mädchen in seine Wohnung zu locken. Jetzt geht die Staatsanwaltschaft der Sache nach, was bedeutet, dass Jette im Falle einer Anklage eventuell als Zeugin vor Gericht aussagen muss.
Eine Weile hängen wir unseren Gedanken nach. Ich frage mich, wie es bloß sein kann, dass so üble Männer herumlaufen und dann noch quasi bei uns um die Ecke.
»Findest du es eigentlich schlimm, dass du jetzt kein Model wirst?«, nimmt Alina das Gespräch wieder auf.
Jette schüttelt den Kopf, dass ihr blonder Pferdeschwanz nur so wippt, aber ich sehe ihr an, dass sie traurig ist.

Einen großen Traum begraben zu müssen tut weh. Sehr weh sogar.

»Du kannst es ja später immer noch als Model versuchen«, versuche ich sie aufzumuntern. »Am besten gehst du dann gleich mit deiner Mutter zu einer Agentur, wo sie drauf aufpassen, dass du nicht an schmierige Ekeltypen gerätst.«

»Weiß nicht.« Passend zu ihrer Frisur schnaubt Jette jetzt auch noch wie ein Pferd. »Ich hab vom Schönsein erst mal die Nase voll.«

»Ach, echt?« Leonie grinst spöttisch, doch Jette scheint selbst die Kraft zum Streiten zu fehlen und sie gesteht nur, dass sie seit zwei Tagen nicht mal mehr ihren Sport-BH tragen würde.

»Warum das denn nicht?«, will Alina wissen. »Du warst doch so stolz drauf.«

»Jetzt bin ich es eben nicht mehr, okay?«

Alina und Leonie gucken zwar noch skeptisch drein, aber ich kann Jette schon verstehen. BH = erwachsen werden = Modeltraum = schmieriger Fotograf = dramatische Flucht in Eimsbüttel … Ich würde auch nicht wollen, dass mich ein lächerliches Stück Stoff ständig an diese üble Geschichte erinnert.

Alina schnippt mit den Fingern. »Soll ich euch mal was Tolles erzählen?«

Jette nickt und kann sogar schon wieder ein wenig lächeln.

»Fußball!« Alinas Augen glänzen wie Christbaumkugeln.
Auweia. In all dem Trubel habe ich ganz vergessen, Alina nach ihrer Probestunde zu fragen.
»Dann war das Training also okay?«, hole ich das Versäumte nach.
»Mehr als okay!«, sprudelt Alina los. »Es war richtig supertruperoberknallermäßig! Die anderen Mädchen sind riesig nett. Keine hat mich angezickt, weil ich die Schusstechniken noch nicht draufhabe.«
»Dann machst du weiter?«, erkundige ich mich.
»Na, klar! Bine meint, ich wäre ganz schön begabt. Mit ein bisschen Glück darf ich in vier Wochen vielleicht sogar schon bei einem Pokalwettbewerb mitspielen!«
Ich kann mich kaum erinnern, wann ich Alina das letzte Mal so glücklich gesehen habe.
»Und ihr?«, fährt sie ohne Atempause fort. »Wollt ihr nicht vielleicht auch mit einsteigen?«
»Also ich ganz bestimmt nicht!«, orgelt Jette. »Ich bin eine Ballerina. Das beißt sich mit Fußball.«
»Du, Leonie? Du kannst doch so schnell laufen und hast Kondition für vier!«
Das stimmt. Leonie ist in Leichtathletik ein richtiges Ass. Doch sie zupft jetzt einen Fussel von ihren Socken und brummt: »Fußi … also ehrlich gesagt möchte ich den Jungs keine Konkurrenz machen.« Sie grinst. »Außerdem bin ich für regelmäßigen Sport sowieso viel zu faul.«

»Schade.« Alinas Blick wandert zu mir rüber. »Und du? Du willst immer noch nicht, richtig?«
Ich hebe hilflos die Hände. Ehrlich gesagt weiß ich nicht, wie ich Alina verklickern soll, dass mich Fußball genauso wenig interessiert wie Reisanbau in China. »Was ist denn so schlimm dran, wenn du ohne uns trainierst?«, hake ich nach. »Du warst doch schließlich auch allein beim Probetraining.«
Alina sieht einen Moment richtig verzagt aus. »Ich dachte nur, dass es einfach bloß nett ist, wenn ich euch frage. Weil ihr meine Freundinnen seid! Ich wollte nicht, dass ihr euch vielleicht ausgeschlossen fühlt.«
»Jetzt mach aber mal einen Punkt«, mische ich mich ein. »Wir sind dicke miteinander befreundet, aber das heißt noch lange nicht, dass wir immer wie Pech und Schwefel zusammenglucken und auch noch dieselben Sportarten betreiben müssen, oder?« Ich sehe Leonie und Jette fragend an.
»Klaro«, pflichtet Leonie mir bei und streichelt ihr Meerschweinchen. »Klammern ist blöd. Dann müsste ich am Ende noch ein schlechtes Gewissen haben, weil ich mit meinem süßen Horst mehr Zeit verbringe als mit euch.«
Wir lachen, wahrscheinlich ein bisschen zu laut, denn kurz darauf wird die Zimmertür aufgerissen und Lukas steckt seinen Kopf herein. »Weiberzoo!«, ruft er, indem er eine Grimasse schneidet, dann dampft er gleich wieder ab.

»Doofmann«, sage ich.
»Typisch blöder Bruder«, ergänzt Leonie. »Will man ja auch nicht geschenkt haben.«
Nur Jette und Alina, die beide keine Geschwister haben, wechseln einen knappen Blick, der eher das Gegenteil besagt. Geschwister sind blöd, keine Frage, aber ganz ohne fände ich es auch nicht prickelnd, da haben die beiden schon Recht. Zumindest wäre es ziemlich still in der Wohnung. Und vielleicht auch ein bisschen traurig.
Den Rest des Nachmittags verquasseln wir einfach so. Jette lacht dabei ständig laut auf. Vielleicht hofft sie ja, dass Lukas noch einmal die Tür aufreißt, um wieder einen Weiberspruch abzulassen, aber er lässt sich kein zweites Mal blicken. Ich glaube auch, dass er im Grunde seines Herzens mehr Angst vor uns Mädchen hat als vor einem Gehege mit giftigen Schlangen.
Später im Bett krame ich mein Tagebuch hervor und schreibe:

Beste Freundin(nen), Schlussbemerkungen
Meine Freundinnen Jette, Leonie und Alina sind die allerbesten der Welt. Weil ich mit ihnen quatschen kann, bis unsere Münder fusselig werden und unsere Ohren zu klingeln anfangen. Weil ich mit ihnen lachen kann, bis mein Bruder reinkommt und uns als Weiberzoo beschimpft. Und weil sie verzeihen können – zumindest eine von ihnen hat es getan (Beweis liegt vor).

Aber das mit Jette schreibe ich ein andermal auf. Dazu bin ich jetzt viel zu müde ... Good night, liebes Tagebuch, Miss Butterfly bequemt sich jetzt mal in die Horizontale ...
Bis bald!

Und dann knipse ich das Licht aus.

Hier geht es turbulent zu!

Jeanne Birdsall
Die Penderwicks
288 Seiten
Taschenbuch
ISBN 978-3-551-35740-3

Jeanne Birdsall
Die Penderwicks zu Hause
320 Seiten
Taschenbuch
ISBN 978-3-551-31107-8

Die vier Penderwick-Schwestern – Rosalind, Skye, Jane und Batty – haben Urlaub! Auf geht's in das Ferienhaus auf dem Grundstück des verwunschenen Anwesens Arundel, wo jede Menge Abenteuer auf sie warten. Und auch zu Hause ist bei den Schwestern für mächtig Trubel gesorgt: Sie müssen ihren Vater aus den Fängen weiblicher Verehrerinnen retten!

CARLSEN

www.carlsen.de